C000067852

Kris del Remos

Sex & Pearls
&
Rock 'n' Roll

Erotische Kurzgeschichten für Frauen

Copyright: © 2019: Kris del Remos
Lektorat: Erik Kinting – www.buchlektorat.net
Umschlag & Satz: Erik Kinting
Titelbild: © Forewer (depositphotos.com)

Verlag und Druck:
tredition GmbH
Halenreie 40-44
22359 Hamburg

978-3-7482-5884-1 (Paperback)
978-3-7482-5885-8 (Hardcover)
978-3-7482-5886-5 (e-Book)

Das Werk, einschließlich seiner Teile, ist urheberrecht-
lich geschützt. Jede Verwertung ist ohne Zustimmung
des Verlages und des Autors unzulässig. Dies gilt insbe-
sondere für die elektronische oder sonstige Vervielfälti-
gung, Übersetzung, Verbreitung und öffentliche
Zugänglichmachung.

Bibliografische Information der Deutschen Nationalbibliothek:
Die Deutsche Nationalbibliothek verzeichnet diese Pu-
blikation in der Deutschen Nationalbibliografie; detail-
lierte bibliografische Daten sind im Internet über
http://dnb.d-nb.de abrufbar.

Inhalt

Lady Rose und Paolo 5

Das Aquarell 14

Der Parfümeur 20

Die Auktion 26

Smokey Night 33

Neue Schuhe 40

Der Rosenkavalier 44

Edinborough 49

Lady im Regen 54

Max & Marie 59

French Knickers 68

Fahrt durch die Nacht 74

Gemüseeintopf 78

Mein Sklave 82

Kabelsalat 92

Swingerclub 97

Dessous für die Gattin 103

An der Bar 111

Erika 115

Vivian 119

Lady Rose und Paolo

Während eines Theaterbesuches traf Rose zufällig einen früheren Arbeitskollegen aus der Marktforschung. Sie hatten sich lange nicht gesehen und Rose hatte sich mittlerweile verändert. Früher war sie eine sehr professionelle, geschäftsmäßige Kollegin, doch jetzt stand eine selbstsichere Lady vor ihm, mit einer starken erotischen Ausstrahlung und einer gewissen Dominanz.

In der Tat hatte sich Rose im Laufe der Zeit in eine erfahrene, frivole Koryphäe verwandelt, die Männer liebte und ungehemmt ihre offene Moral auslebte. Ihre sexuelle Befriedigung war ihr mit der Zeit immer wichtiger geworden, wobei sie beim Sex ausgesprochen kreativ und spielerisch war. Die progressive Männerwelt hielt sie für eine selbstbestimmte, wunderbare Frau, die wusste, was sie wollte und sich holte, was sie brauchte. Die Konservativen verdammten sie hingegen.

Mit den Jahren hatte Rose gewisse Vorlieben entwickelt, darunter die frivole Obsession Perlen, Diamanten sowie anderen wertvollen Schmuck an strategisch wichtigen Stellen zu tragen und zu fotografieren. Sie fragte sich: *Was hat Liebe mit Sex zu tun? Lässt sich Liebe von Sex trennen? Ist promis-*

kuitives Verhalten Ausprägung sexueller Selbstbe-
stimmung? Oder etwa beziehungsfeindlich? Sie
hatte beschlossen, einen Versuch zu wagen. Sie
wollte eine liebevolle Beziehung *und* berauschen-
den Sex. Zur Not musste man Liebe und Sex eben
separat ausleben. Das zufällige Treffen mit Paolo
kam ihr da gerade recht, denn er wäre sicher ein
wunderbarer Liebhaber, schließlich war er ein ras-
siger Mann, der ihre Fantasie direkt auf Touren
brachte.

Einen Tag später waren sie in einem Café am Rhein
verabredet. Paolo, der glutäugige Brasilianer, gut
zehn Jahre jünger als Rose, stand höflich auf, als
sie, ganz vornehme Dame, in einem gewagt ausge-
schnittenen *kleinen Schwarzen* mit breitem, verber-
gendem Schulterschal an den Tisch in der Nische
trat. Provokant behielt sie die roten engen Leder-
handschuhe an, die perfekt zu den hochhackigen
Lederstiefeletten passten.
Noch versteckte sie ihre Schönheit vor den Augen
ihres ehemaligen Kollegen und im Verlauf der
nächsten halben Stunde tauschten sie, nebeneinander auf einer Rundbank sitzend, wortreich Anekdo-
ten über ihre Arbeit in der Marktforschung aus.
Mehr und mehr wurden die Gespräche der beiden
privater, zweideutiger. Mal legte er seine Hand wie

zufällig auf ihren Arm, mal aufs Knie, nur um sie Sekunden später wieder wegzunehmen.

Rose blickte in die Runde. Niemand beachtete sie. Geschickt brachte sie das Gespräch auf Schmuck – auf Perlen –, während sie zuließ, dass seine Hand länger auf ihrem Knie lag. »Wissen Sie, Paolo, ich liebe Schmuck und ich liebe Perlen. Ich trage sie fast täglich, überall, sehen Sie nur.« Sie ließ ihr Schultertuch weit nach hinten gleiten und gewährte ihrem Ex-Kollegen tiefe Einblicke in ihr Dekolleté, das mit einem Collier geschmückt war, an dessen Unterseite ein String mit zehn kleinen Perlen Paolos Blick auf eine sehr große glänzende Perle in Platinfassung lenkte. Die Länge des Colliers hatte Rose so arbeiten lassen, dass die große Perle genau am Beginn des tiefen Tals zwischen ihren Brüsten zu liegen kam.

Während Rose ihr Kreuz durchdrückte und Paolo ihre Brüste entgegenschob, konnte dieser seinen Blick kaum von ihren Hügeln und den erigierten Nippeln abwenden, die sich frech durch den Stoff drückten. Unter dem Tisch packte sie seine Hand auf ihrem nylonbestrumpften Knie und schob sie langsam ihren berührungshungrigen Schenkel hoch, bis Paolo endlich die wertvolle Spitze am Ende ihrer zarten halterlosen Strümpfe berührte.

Mit den Ellenbogen auf dem Tisch überblickte Rose, scheinbar gelangweilt, das Café, während es unter dem Tisch heiß her ging. Vorsichtig ließ sie Paolos Hand los, denn sie war sich sicher, dass der heißblütige Lover in spe seine einmalige Chance begriffen hatte. Es dauerte nur wenige Sekunden und seine Finger wanderten weiter, schoben sich über die wenigen Zentimeter nackter Haut, was Rose eine Gänsehaut bescherte, die sie bis in die erigierten Brustwarzen spürte.

Endlich hatte er es geschafft und seine Finger stießen an ihr Perlenteil mit der breiten Spitze. Er begann, schwer zu atmen.

»Wie gesagt, Paolo, ich liebe Schmuck und ich liebe Perlen, überall, auch da. Nur du weißt, dass ich sie trage.«. Rose, obwohl auch exhibitionistisch veranlagt, zog ihr Tuch wieder über die Schultern, verbarg ihre Brüste und harten Nippel vor Paolos Blicken und der Umwelt.

»Ich muss dir etwas gestehen, lieber Kollege. Jeder hat so seine Obsession.« Rose legte unterm Tisch die Hand auf Paolos Schenkel, ließ sie zu seinem Schritt hochwandern und fand dort eine harte Erektion vor. »Ich trage Perlen zwischen den Beinen, das ist meine Obsession. Ich will dir offen sagen, warum: Immer wenn ich die Beine übereinanderschlage, verschwinden die Perlen zwischen meinen Schamlippen und streicheln meine Klitoris. Die mag derlei Ansprache sehr. Ich war noch eine junge

Frau, als ich das das erste Mal erlebte, ohne dass ich dieses Erlebnis damals in seiner Bedeutung einstufen konnte.«

Paolo hatte es die Sprache verschlagen.

»Du wohnst hier im Hotel. Was hältst du davon, wenn wir auf dein Zimmer gehen und mal nachsehen, wo die Perlen ruhen? Du solltest zuvor aber eine Flasche gut gekühlten Sekt aufs Zimmer bringen lassen.«

Während Paolo mit hochrotem Kopf, seine prächtige Erektion verbergend, diskret zur Rezeption eilte, um Sekt zu organisieren, begab sich Rose zum Ladysroom, um Haare und Make-up zu überprüfen. Beim Ordnen der Halterlosen und dem Zurechtrücken der Perlen an ihrem Allerheiligsten, dem Ziel vieler Männer, stellte sie fest, dass sie schon mehr als feucht, geradezu nass war.

Wenig später begaben sich die beiden zum Aufzug. Kaum hatte sich die Tür geschlossen, legte Paolo den Nothalte-Knopf um. Ruckend kam der Lift zum Stehen. »Du heißes Luder, jetzt will ich sehen, wie dein Geheimnis wirklich aussieht, mit dem du mich unter deinen Rock lockst!«

Brünstig, ungeduldig schob er Rose den Rock weit hoch und untersuchte mit beiden Händen penibel, wo der Strang der Perlen sich versteckt hatte. Er schaute sich ihr Geschlecht genau an, konnte sich an dem, was sie ihm breitbeinig darbot, kaum sattsehen.

Erst als der Aufzug wieder fuhr und sie sich der fünften Etage näherten, bemerkte Rose die Kamera im Lift, unter der sie während Paolos Inspektion gestanden hatten. *Welch ein Schauspiel wir dem Personal geboten haben*, dachte Rose, weder verärgert, noch verschämt und lächelte kokett in die Kamera.

Endlich in Paolos Zimmer angekommen, sorgte er für intimes Licht. »Nun können wir uns ungestört den kommenden Freuden widmen«, meinte Rose und blickte Paolo provozierend in die Augen.
Sie hatten es keinesfalls eilig. Rose wusste Paolo zu reizen und genoss das Hinauszögern der Ereignisse. Sie ging zum Servierwagen, entnahm dem Sektkühler die Flasche und zeigte ihm am Korken, in welcher Weise sie ihm später den Schwanz zu massieren gedachte. Rose nahm die Flasche aufreizend zwischen ihre bestrumpften wohlgeformten Beine und hielt den Flaschenhals sehr fest in der linken Hand am unteren Ende der Manschette. Sie strich mit Daumen und Zeigefinger der rechten Hand gleichzeitig nach oben, nach unten, nach oben, nach unten …

Paolo, der zwischenzeitlich Jackett, Hemd und Hose ausgezogen hatte, konnte kaum erwarten, dass ihm die Perlenfrau die gleiche Behandlung zukommen ließ. Gebannt, mit großen Augen, schaute der Brasilianer seiner Dame zu, wie sie mit beiden Händen den Flaschenhals umfing und mit beiden Daumen den Rand unter dem Korken rundherum massierte. Wieder und wieder machte Rose das und blickte Paolo dabei hypnotisierend in die Augen.

Endlich wurde Paolo gebeten, sich aufs Bett zu legen und ihr die ganze Pracht seiner Männlichkeit zu präsentieren. Rose mochte Männer, Rose mochte Schwänze und sie genoss diesen machtvollen erotischen Anblick. Schließlich entledigte sie sich ihrer Perlenpracht und setzte sie sich mit einladend weit gespreizten Beinen auf den Schreibtisch.

»Paolo, dein Job: Öffne die Flasche, bitte. Schenke uns ein vom prickelnden Nass und vergiss nicht, auch mein Paradies zwischen den Beinen mit prickelndem Sekt zu begießen.«

Schon begann Paolo, vor dem Schreibtisch knieend, huldvoll der Perlenladys wollüstige, heiße Pussy zu lecken und den Sekt aus jeder Falte ihres Geschlechts zu lutschen, während sich Rose entspannt auf dem Schreibtisch rekelte. Vor allem leckte und saugte Paolo ihre Lustperle, was Rose sehr schnell zu einem Orgasmus führte.

»Und, mein williger, wilder Hengst, willst du jetzt deine in Pantomime erlebte Entspannungsmassage erleben?« Wie vorgeführt, wurde Paolos Ständer von Rose fest angefasst und massiert. Als er leise stöhnte, konnte sie nicht widerstehen und fing an, genüsslich seinen Schwanz zu lecken – seine feste Eichel und die dicken Adern seines Schaftes, ohne den Sack zu vergessen.

»Was wünschst du dir jetzt, Mann? Willst du mich besteigen oder soll ich mich auf dich setzen und dir zeigen, was ich mit meinem Beckenboden alles machen kann? Du weißt, wir haben Zeit und ich möchte in dieser Nacht viele weitere Orgasmen haben.«

Der Brasilianer entschied sich zunächst für die Variante mit dem Beckenboden. Rose schwang sich auf den steifen Kolben und kontrahierte ihre Vagina mehrmals hintereinander.

Paolo gab zu, so etwas noch nie zuvor erlebt zu haben. »Als sauge deine Möse an meinem Schwanz«, schnurrte er.

Unbeeindruckt machte Rose weiter, ging mit dem Becken hoch und runter, ließ es kreisen und vögelte seinen Schwanz auf unvergessliche Weise.

Es gefiel dem Brasilianer, was Rose mit ihm tat, während ihn das Hüpfen ihrer Brüste zusätzlich mächtig anheizte. Dann rieb Rose ihr Allerheiligstes, ihre Klitoris, und wollte von hinten genommen werden, schön tief, aber ohne dass sein Schwanz ständig raus rutschte. Sie kniete erwartungsvoll vor dem prallen Phallus, der mühelos ins nasse Paradies einfuhr und sie ausfüllte. Sie stöhnte laut auf, während er einen höllischen Rhythmus anschlug – rein, raus, rein, raus – und sein Sack gegen ihre Vulva klatschte …

Er greift um sie herum, spielt mit ihrer dick geschwollenen Klitoris und … sie kommt! Sehr laut! Sie schreit ihre ganze Lust heraus, was den Brasilianer so antreibt, dass sie zusammen noch einmal kommen.

Ermattet aber glücklich bleiben die beiden liegen und ruhen sich aus.

Wieder zu Atem gekommen, hat Rose, das Luder, das Superweib, bereits die nächste Nummer im Kopf: »Das nächste Mal möchte ich es mit dir vor einem Spiegel treiben. Ich möchte dabei Strümpfe mit Strapsen tragen …«

Er lachte. »Sehr gern, meine Liebe, wenn dich das glücklich macht …«

Das Aquarell

Ich traf Peter in der Galerie im *Badehaus Bad Soden*. Vor dem Bild mit dem Titel *Die mystische Möhre* konnte ich mich einfach nicht beherrschen und prustete laut los. Den anderen Besuchern war nicht klar, was ich an diesem Bild so lustig fand, und man bedachte mich mit genervten Blicken.

Wie sich später herausstellte, dachte auch Peter beim Anblick der Möhre an eine Textpassage aus dem *Wendekreis des Krebses* von Henry Miller, in der die Möhre als eine Art Spielzeug eingesetzt wurde. Er lud mich spontan auf einen Kaffee zu sich nach Hause ein. Dort zeigte er mir einige Bilder seiner Freundin Dee. Ihre Aquarelle waren kraftvoll und originell. Die Farben changierten von Purpur über Orange bis zu einem zarten Blau an der Peripherie. Die Titel *Venus* oder *Eruption* ließen bereits ahnen, dass es sich um ein urweibliches Thema handelte.

Peter erzählt mir, dass er Dee einmal beim Malen eines ihrer Bilder assistieren durfte. Seine Augen leuchteten. Er lehnte sich nach vorne, sah mich verschmitzt an und sagte: »Meine Liebe, ich weiß nicht, ob du bereit bist für diese Geschichte. Sie wird dich vielleicht überraschen oder auch scho-

ckieren. Meine Freundin ist in vielerlei Hinsicht
ungewöhnlich.«

Natürlich wollte ich das nun genauer wissen, was
sollte da schon so Außergewöhnliches passiert
sein? Ich versuchte also, ihn aus der Reserve zu
locken: »Wart ihr etwa nackt?«

Ein Lächeln verwandelte seine Augen in schräge
Schlitze, seine Mundwinkel verzogen sich zu
einem genüsslichen Grinsen.

Nachdem er einige Minuten in seinen Erinnerungen
geschwelgt hatte, erzählte er mir die Geschichte:

Dee hatte mir schon einige ihrer Werke gezeigt. Sie
haben mir sofort gefallen. Die intensiven Farben,
die erotischen Formen ... Ihre Bilder strahlen eine
starke Energie aus. Sie lud mich schließlich zu
einer Art Happening zu sich ein.

Ich hatte erwartet, dass ich Sie mit Pinsel und
Farbpalette an ihrer Staffelei vorfinden würde, aber
stattdessen öffnete sie mir die Tür in einem roten
Kimono, der vorne gebunden war und mehr zeigte,
als verhüllte. In der Hand hielt sie ein Sektglas.

»Wie schön, dich zu sehen«, begrüßte sie mich.
»Komm herein, nimm dir ein Glas Sekt und dann
hilf mir, die Arbeitsfläche vorzubereiten.«

Sie deutete auf einen Stuhl, auf dem bereits ein
Aquarellblock lag. Daneben befanden sich auf

einem kleinen Tisch ihre Malutensilien: ein Schwamm, eine Schale mit Wasser, die Aquarellfarben in einer hübschen kleinen Metalldose von *Schmincke* sowie eine respektable Sammlung Pinsel in unterschiedlichen Größen.

Sie zeigte mir, wie man das Papier vorsichtig mit dem Schwamm befeuchtet.

Nachdem ich die Fläche bearbeitet hatte, prostete sie mir zu: »Das Papier muss sich jetzt einige Minuten entwickeln, in dieser Zeit darfst du die Farben auftragen.«

Ich verstand nicht. Ich hatte noch nie selbst gemalt und wusste nicht, was ich als Nächstes tun sollte.

Sie öffnete den Kimono und ließ ihn achtlos heruntergleiten. Dann setzte sie sich mit weit gespreizten Beinen auf einen Stuhl und deutete mit dem Kopf auf die Farben. Ich war sprachlos. Ich hatte schon viele Affären und Tête-à-Têtes, aber das war mir noch nicht passiert.

Ich kniete mich vor ihre Fraulichkeit und betrachtete in aller Ruhe, was sie mir darbot. Nach einer gewissen Zeit wurde sie ungeduldig. Sie wollte nun, dass ich ihre Scham mit Farbe bestreiche. Sie zeigte auf ein schönes Purpur mit Anteilen von Blau, das ich mit einem breiten Pinsel auf ihre äußeren Schamlippen aufbringen sollte. Meine Hose war mir schon beim Anblick ihrer formidablen Möse zu eng geworden und ich öffnete den Reißverschluss.

Sie schüttelte den Kopf. »Wir müssen jetzt zügig weiterarbeiten, sonst wird das Papier trocken und die Farben können sich nicht gut verteilen. Bitte halte dich noch zurück.«

Sie machte mich wahnsinnig. Ich nahm etwas Orange mit einem breiten Pinsel und betupfte ihre Lustperle. Sie seufzte kurz auf, dann hatte sie sich wieder im Griff und deutete auf eine dritte Farbe, die sie bereits vor unserm Treffen vorbereitet hatte, eine Mischung aus China-Purpur und Englisch-Rot. Sie wollte, dass ich diese Farbe großzügig um ihre äußeren Schamlippen streiche. Außerdem sollte noch ein Akzent von Orange und Gelb den inneren Schambereich betonen.

»Schau einfach, wie das für dich gut aussieht. Alles Weitere überlässt du mir. Jetzt muss alles sehr schnell gehen.«

Sie überprüfte den Farbauftrag mit einem kleinen Handspiegel und lächelte zufrieden. Dann setzte sie sich mitten auf den Aquarellblock.

Ich hielt den Druck nicht mehr aus, öffnete den oberen Knopf meiner Hose und sorgte dafür, dass meine Flöte etwas mehr Platz bekam.

Sie erhob sich, setzte sich erneut auf den Block und rutschte etwas hin und her. Danach überprüfte sie ihr Werk und drehte den Block herum, um einen weiteren Farbauftrag auf einer freien Fläche zu ermöglichen.

Ich konnte mich fast nicht mehr beherrschen – sie war doch jetzt fertig. Ich versuchte, sie an mich ziehen, doch sie wies mich zurecht: »Na hör mal, wenn ich jetzt unterbreche, vermasseln wir das Bild.«

Sie griff sich einen der Schwämme, tränkte ihn mit Wasser und einem sehr zarten Blau. Mit leichten aber großzügigen Streifen komplettierte sie das Arrangement und färbte die weißen Partien des Bildes zart ein. Dabei presste ich mich an ihren Hintern, was zu deutlichen Farbspuren an meiner Hose und zu einer weiteren Blutzufuhr meines Stößels führte.

Sie begutachtete unser Werk. Offensichtlich war sie zufrieden. »Wenn du einverstanden bist, nennen wir es *Peter entdeckt die Venus*. Nun muss es nur noch trocknen.« Sie schaute mich aufreizend an. »Lieber Peter, will der Assistent die Künstlerin sofort beglücken oder wollen wir erst die Farbe abwaschen?«

Ich nahm sie an der Hand und führte sie zu dem breiten Bett, das sie bereits mit weißen Tüchern präpariert hatte. Sie bot sich mir bereitwillig dar und gewährte einen tiefen Einblick auf die Partie, die noch mit Farbe behaftet war. »Mein Lieber, das nächste Mal treiben wir es gleich auf dem Aquarellpapier, das nennen wir dann Sex-Art.«

Ich habe noch oft an diese Episode gedacht, wenn ich mal wieder irgendwo langweilige Aquarell Landschaften besichtigt habe.

Der Parfümeur

Ich lernte Monsieur Legrand bei einem Workshop zum Thema *Düfte transportieren Gefühle* kennen. Es ging um ein neuartiges Dufterlebnis beim Tragen von edler Unterwäsche. Er erklärte uns die Kapsel-Technologie: Ein Parfüm wird in einer Micro-Kapsel eingeschlossen und durch Druck und Wärme freigesetzt. Er war ein absoluter Profi, ein Parfümeur von Rang. Ein großer, gut aussehender Mann mit feinen, eleganten Gesichtszügen. Sein Lebensmittelpunkt war die Gegend um Grasse, wo die großen Parfümhersteller ihre Labore unterhalten.

Jahre später, ich hatte die Firma, für die ich damals arbeitete längst verlassen, kontaktierte ich Monsieur Legrand mit einem delikaten Anliegen. Mein aktueller Liebhaber, Herr von Löwenstein, wünschte sich den Duft meines geheimen Moosdöschens als Elixier auf seinem Einstecktuch, um sich meiner Lustgrotte stets nahe zu fühlen. Ich war mitunter mehrere Tage damit beschäftigt, eins der Tücher zu beduften und wünschte mir nun, man könne diesen Duft im Labor rekonstruieren. Ich hatte Monsieur Legrand bereits mitgeteilt, dass es sich um einen erotisierenden Duft mit natürlichen Pheromonen handelte und ließ den Rest im Dunkeln.

Anscheinend hatte er gerade einen Termin frei, denn er sagte sofort zu, mich in Nizza im Hotel *Negresco* zu treffen. Er hatte am Freitag ab Mittag Zeit und schlug vor, am nächsten Tag gemeinsam nach zu Grasse fahren und im Labor eine erste Duftprobe zu kreieren.

Im Hotel angekommen, wurde ich nervös, denn mein Wunsch war sehr speziell und ich malte mir aus, wie ich ihm das Original überreichen würde. Im Moment befand sie das Läppchen noch gut eingebettet zwischen meinen Schamlippen.

Ich saß in der Lobby und genoss die exquisiten Kunstwerke von Niki de Saint Phalle und Dali. Vis-à-vis rekelte sich die Hauskatze auf einem seidenbezogenen Chaiselongue.

Schwungvoll öffnete der Page die Tür zur Lobby und Monsieur eilte mit Riesenschritten auf mich zu. »Meine liebe Christin, ich freue mich so, Sie zu sehen.« Er küsste mich rechts und links auf die Wange, schnappte meinen Arm und zog mich mit sich. »Wir müssen unser Wiedersehen feiern, ich habe Champagner bestellt. Es ist doch nicht zu früh, meine Liebe?«

Wir gingen in die Bar *Le 37 PROM*, die bereits um die Mittagszeit geöffnet hatte. Der Champagner stand schon bereit. Dazu wurden sehr kleine Blätterteigstangen und eine köstliche Lachscreme gereicht. Der Barmann begrüßte uns angemessen mit einer Verbeugung. Er öffnete gekonnt die Flasche *Dom Perignon* und befüllte zwei langstielige Kristallgläser.

Monsieur rechte mir ein Glas, zwinkerte mit verschwörerisch zu und sagte: »Prost meine Liebe, ich freue mich, Sie wiederzusehen. Wir werden gemeinsam einen tollen Duft kreieren, wie letztes Mal.«

Der Champagner stieg mir sofort in den Kopf. Ich musste jetzt irgendwie an das Läppchen kommen, das sich ja immer noch zwischen meinen Beinen befand. Ich murmelte etwas von Nase pudern und rauschte hinaus.

Auf der Damentoilette packte ich die Duftprobe in ein schlichtes Laborglas mit Deckel.

Er lächelte, als ich wieder hereinkam. »Sie wirken heute etwas nervös, meine Liebe. Trinken Sie doch noch ein Glas, wir werden die Zeit nutzen. Schließlich sind wir Profis.«

Ich überreichte ihm die Duftprobe.

Er öffnete das Glas und roch an dem präparierten Läppchen. Ein seliges Lächeln huschte über sein Gesicht. »Das habe ich mir schon sehr lange gewünscht, es ist der Duft vom Paradies auf Erden. Ich ahnte bereits, dass Sie mir eine außergewöhnliche Essenz kredenzen werden. Ich danke Ihnen.«

Er gab dem Barmann ein Zeichen und zog mich mit sich.

Ehe ich michs versah, standen wir im Aufzug. Als sich die Tür schloss, nahm er mich stürmisch in den Arm und küsste mich leidenschaftlich.

Auf dem Zimmer angekommen, ging er auf die Knie, schob meinen Rock hoch und vergrub seinen Kopf in meinem Schoss.

Es klopfte an der Tür. Er erhob sich, um den Barmann, der uns den Champagner aufs Zimmer brachte, hereinzubitten. Dieser brachte noch eine zweite Flasche in einem Kühler mit.

Inzwischen hatte ich es mir auf dem Sofa bequem gemacht. Er zog mir das Kleid aus und begann mich ausgiebig am ganzen Körper zu küssen. Mein BH flog weg, die Strümpfe störten ihn nicht. Er tauchte immer wieder in die Spalte ein, wo er die Essenz mit dem betörenden Duft ganz und gar auflecken wollte.

Nun wollte ich seinen Körper erkunden. Ich öffnete seine Hose und begann ohne zu zögern, seinen Schwanz zu massieren, der deutlich zeigte, wie sehr er sich auf unseren gemeinsamen Tanz freute. Er half mir beim Ausziehen seiner Kleidung – Schuhe, Socken, Hemd, Hose, Unterwäsche … alles flog achtlos in die Ecke.

Ich kniete vor ihm und nahm seinen beachtlichen Lustspender in den Mund. Er hielt meine Haare auf die Seite, sodass wir beide im großen Spiegel zusehen konnten, wie ich ihn hingebungsvoll leckte und immer wieder sehr tief in meinen Mund aufnahm. Zwischendurch massierte ich den Schaft und schaute immer mal nach oben, um zu überprüfen, wie gut das bei ihm ankam.

Wir beschlossen, uns im Bett weiter zu vergnügen. Ich legte mich mit weit gespreizten Beinen hin und schaute ihn erwartungsvoll an. Er deutete nach oben, wo ein Spiegel so geschickt angebracht war, dass wir uns beim Liebesspiel beobachten konnten. Das war ein Kick, den ich so noch nie vorher erlebt hatte.

»Das hast du dir lange gewünscht, ich weiß es. Nun solltest du Herrn von Löwenstein schleunigst vergessen, denn ich werde dich jetzt vögeln, wie du es noch nie erlebt hast.«

Es war tatsächlich so, wie er es gesagt hatte. Als er in mich eindrang, hatte ich bereits vergessen, für wen ich die intime Essenz ursprünglich kreieren wollte. Im Spiegel sah ich, wie sich unsere Körper in höchster Lust umschlangen. Ich hatte schon bei unserem exquisiten Vorspiel mehrere Orgasmen erlebt, als er meinen Saft gierig getrunken hatte. Nun explodierte ich unter ihm und er ergoss sich in einem grandiosen Höhepunkt heftig und mit einem animalischen Stöhnen.

Anschließend lagen wir eine Weile ruhig da.

Er sagte: »Da hast du dir eine tolle Geschichte ausgedacht mit dem Parfüm und der Probe. Das nächste Mal bist du wieder Frau Löwenstein mit dem Perlenslip und ich verführe dich an der Hotelbar vom Hotel *Leonardo*.«

Heute war ich die glücklichste Frau auf Erden.

Die Auktion

Meine Freundin Cloe hatte mir den Tipp gegeben, im *Aktionshaus Arnold* werde heute ein schöner Saphirring versteigert. Wir hatten schon einmal gemeinsam eine Auktion bei *Bauer* in Frankfurt besucht. Diesmal würde ich alleine hingehen. Cloe war auf Reisen wie so oft; ich konnte mir ihre Reiseziele kaum noch merken.

Die Auktion fand am Samstag um zehn Uhr in Frankfurt statt. Das war nicht unbedingt meine bevorzugte Zeit, ich war es einfach nicht mehr gewohnt, mich morgens unter Zeitdruck herzurichten. Andererseits war dieser Ring wirklich außergewöhnlich schön, ein großer Saphir von über zehn Karat mit einer doppelten Entourage Brillanten. Er würde ganz wunderbar zu mir passen.

Es gelang mir tatsächlich, pünktlich zur Auktion in die Bleichstraße zu kommen. Einige Herrschaften waren schon vor Ort, man trug sich in eine Liste ein und erhielt eine Bieterkarte. Ich war etwas aufgeregt; die Aussicht, diesen wunderschönen Ring zu ersteigern, hatte mir eine zarte Röte ins Gesicht gezaubert.

Ein Gong erklang – das Zeichen, dass die Auktion jetzt anfangen würde. Ich sah mich im Raum um und versuchte, die Menschen einzuordnen. Die Herren waren meistens an den Uhren interessiert. Einige Damen sahen so aus, also ob sie sich für Perlen begeisterten. Die edle Garderobe der Anwesenden sparte nicht an Kaschmir und Seide. Einer der Herren fiel mir sofort auf. Er war groß, schlank, hatte kurze graue Haare, war wohl so Anfang 60, wirkte sehr energisch und zielorientiert. Sicher interessierte er sich für eine der Herrenuhren einer Schweizer Uhrenmanufaktur mit unverwechselbar gestaltetem *M* im Signet, die heute angeboten wurden.

Die Positionen wurden nach und nach aufgerufen. Ich träumte bereits davon, wie ich abends mit diesem wunderschönen Ring an meiner Hand ausginge. Endlich kam er an die Reihe. Als Zeichen, dass ich nun bieten würde, hielt ich meine Bieterkarte hoch und hoffte, dass nicht eine der anwesenden Damen diesen Ring für sich ersteigern wollte. Das Mindestgebot lag bei 1.000 Euro, ich hatte 100 mehr geboten und wartete auf den Zuschlag. Doch was war das? Offensichtlich gab es noch einen Bieter …

»Eintausendzweihundert sind geboten von dem Herrn mit der roten Krawatte. Wer bietet mehr?«, hörte ich den Auktionator.

Ich hob wie in Trance meine Karte, denn ich wollte diesen Ring. Was bedeuteten schon 100 Euro mehr oder weniger … Aber der Herr mit der Krawatte überbot mich schon wieder. Ich gab dem Auktionator ein Zeichen, dass ich noch 50 Euro drauflegen würde, er nickte mir zu.

Eine Minute später hörte ich: »Für eintausenddreihundert verkauft an den Herrn in der vorletzten Reihe.«

Ich war perplex. Alles war so schnell gegangen. Ich fühlte mich überrumpelt und war sauer. Wie konnte er nur …!

Ich wollte sofort gehen, aber dann beruhigte ich mich wieder. Zum Mittagessen würde ich mich mit Lisa im *Suvadee* treffen, also konnte ich auch noch hier sitzen und mir die Leute anschauen.

Der Rest der Auktion plätscherte dahin. Um zwölf Uhr waren alle Stücke aufgerufen und die Auktion beendet. Sofort ging ein aufgeregtes Murmeln durch den Raum. Die ersteigerten Stücke wurden an der Verkaufstheke von verschiedenen Mitarbeitern sehr organisiert herausgeben. Hier gab es die Uhren, da die edlen Juwelen – nicht zu vergessen die Konvolute und etwas preiswerteren Stücke, die es an einer anderen Theke gab.

Ich stand bereits auf der Straße und schrieb eine WhatsApp an meine Freundin, als der Herr, der mir den Ring vor der Nase weggeschnappt hatte, aus der Tür trat. Ein zufriedenes Lächeln umspielte seine Lippen.

»Ich gratuliere Ihnen – obwohl ich ihn ja auch sehr gerne an meiner Hand gesehen hätte. Sie machen sicher eine Frau sehr glücklich.«

Er antwortete nicht direkt, sondern bot mir an, mich in die Stadt mitzunehmen: »Wohin wollen Sie denn? Ich fahre nach Offenbach, mein Auto steht nicht weit von hier.«

Ich wollte ihn nicht so einfach gehen lassen und willigte ein. Er bot mir seinen Arm an und wir gingen einige Meter. Dann fragte er, ob ich mit ihm zum Lunch gehen wolle.

In diesem Moment schrieb mir Lisa: *Muss mit Happy zum Tierarzt, er hat sich einen Nagel eingetreten, tut mir leid ... Melde mich später.* Ja dann ... warum nicht?

Ich ging also mit diesem gut aussehenden Herrn ins *Lux* im *Fleming's*. Wir bestellten das *Flemings to share*, eine wunderbare Zusammenstellung von Garnelen, Austern, Avocadocreme und Ziegenkäse, dazu eine Flasche *Chardonnay* aus dem Chablis.

Natürlich wollte ich den Ring noch einmal sehen, aber das ließ der Fremde nicht zu. Er war sehr charmant, schaute frech in mein Dekolleté und sagte: »Ich habe großen Appetit; wie steht es mit Ihnen?«

Ich genoss diese Zweideutigkeit, denn er gefiel mir auch, sehr sogar.

Während des Essens legte er kurz seine Hand auf meinen Oberschenkel und raunte mir zu: »Ich kann mich heute Nachmittag freimachen, und Sie?«

Ich hatte Zeit und dieser Mann versprach, ein ungewöhnlicher Genuss zu werden.

Nach dem Essen ging ich mich erfrischen. Als ich zurückkam, hatte der Fremde bereits bezahlt und schnappte meinen Arm. Im Aufzug küsste er mich und sagte: »Ich muss noch kurz die Schlüsselkarte holen. Laufen Sie jetzt bitte nicht weg.«

Ich wartete am Aufzug. Er lächelte mich verschwörerisch an und zeigte mir die Karte. Unglaublich: Vor zwei Stunden war ich noch sauer auf ihn und jetzt küssten wir uns.

Als wir ins Zimmer kamen, setzte er sich ganz ruhig aufs Bett, seinen Mantel hatte er achtlos auf einen Sessel geworfen. Dieser Adonis schaute mich nur an und ich spürte seine Kraft und eine große Lust, die von ihm ausging. Ich zog meinen Rock hoch und setzte mich auf den Schreibtisch. Der Fremde sah mich nur an und machte keinerlei Anstalten, zu mir zu kommen. Ich wollte ihn provozieren. Also zog ich meinen Slip aus und warf ihn ihm zu. Das schien ihm zu gefallen. Er nahm ihn und saugte meinen Duft ein. Die Augen geschlossen, genoss er ihn für einen mir viel zu lang erscheinenden Moment. Er öffnete seine Hose, die wohl schon etwas eng wurde. Ich zog langsam mein Oberteil aus und spreizte die Beine, um ihm zu zeigen, was ihn erwarten würde. Dann ging ich zu ihm und setzte mich auf sein Gesicht.

Nachdem er meine Lustgrotte aufs Feinste verwöhnt hatte, zogen wir uns gegenseitig aus. Ich wollte ihn jetzt verwöhnen und kniete mich vor ihn, leckte seinen Schwanz, den er mir bereitwillig entgegenstreckte. Dabei massierte ich seine festen Hoden und meine Hände wanderten zu seinem Gesäß. Ich massierte vorsichtig seinen P-Punkt und freute mich, dass er es so genießen konnte.

Der Fremde wäre fast gekommen und bat mich nun, ich solle mich hinlegen, er wolle mich beglücken. Ich legte mich aufs Bett und er sich zwischen meine Beine. Er führte in meine Galaxie zwei Finger ein und begann sie zu spreizen. Dabei hatte ich einen so heftigen Orgasmus, dass ich laut aufschrie. Immer wieder drückte er die Finger auseinander, bis ich nicht mehr sagen konnte, wo genau ich etwas spürte. In meinem Körper vibrierte alles.

Nach meinem sechsten oder siebten Orgasmus drang er in mich ein und explodierte in mir unter lautem Stöhnen. Sein Blick versenkte sich in meinen. Es war ein sehr schöner intimer Moment, den wir beide sehr genossen.

Danach lagen wir noch einige Zeit auf dem Bett und hielten uns an den Händen.

Fast wäre ich eingeschlafen. Da meldete sich mein Handy, dass ich eine Nachricht bekommen hätte. Lisa fragte an, ob wir uns später zum Kaffee treffen würden.

Er war schnell unter die Dusche gegangen. Gut gelaunt zog er sich wieder an. Ich war noch völlig nackt und genoss es, wie er mich ansah. Ich wusste nicht einmal seinen Namen. Dann stand ich auf und küsste ihn leidenschaftlich.

Er schrieb mir seine E-Mail-Adresse auf einen Briefbogen vom Hotel und sagte: »Meine Liebe, wir sollten uns bald wiedersehen. Dein wunderbares Honigtöpfchen ist etwas ganz Besonderes ... Und bitte wasche es nicht so gründlich für unser nächstes Treffen.« Dann verließ er das Zimmer.

Ich duschte nun auch und brachte meine Frisur und mein Make-up in Ordnung. Als ich mir seine E-Mail-Adresse genauer anschauen wollte, bemerkte ich die kleine rote Schachtel, die neben meiner Handtasche lag. Es war der Ring mit dem wunderschönen Saphir. Und ich hatte dem edlen Gönner noch nicht einmal meinen Namen verraten ...

Smokey Night

Jeden Mittwoch gibt es eine Livemusik-Veranstaltung im *K-plus-Hotel*. Ich hatte schon im letzten Jahr davon gehört und wollte mal sehen, ob mir das gefallen könnte.

Ich ging also zu einer der Blues-Jamsessions und war verblüfft. Überraschung Nummer eins war Tom, der Barkeeper, den ich schon seit vielen Jahren vom *Maxim's* kannte und der mich freundlich begrüßte. Die nächste Überraschung waren die Musiker, die sich auf der Bühne ein Stelldichein gaben: Profis und hochbegabte Amateure. Man spürte die Freude der Künstler. Ich fühlte mich sehr wohl und es störte mich absolut nicht, ohne Begleitung zu dieser Veranstaltung gegangen zu sein.

Ich beschloss, von nun an jeden Mittwoch beim Blues hereinzuschauen.

Nach einer gewissen Zeit kannte man sich. Manche Gäste begrüßten mich, es ergab sich das ein oder andere Gespräch.

An einem Abend drehte ich ein kleines Video von einem älteren Pärchen, dass virtuos und mit viel Enthusiasmus tanzte. Ein gut aussehender Mann, den ich schon öfter beim Blues gesehen hatte, sprach mich an. Ich dachte erst, es geht um das tanzende Pärchen, doch er fragte mich, ob ich ihm eine SMS schicken wolle.

Ich entgegnete: »Klar, mir fehlt nur deine Telefonnummer.«

Er steckte mir seine Visitenkarte zu und sagte: »Lass uns doch morgen zusammen frühstücken. Was hast du heute noch vor?«

Das war zwar ganz schön frech, aber es imponierte mir durchaus. Ich steckte die Visitenkarte jedoch erst mal achtlos ein, so leicht war ich nicht zu haben. Er lachte und lud mich zu einem Zigarillo in die Raucher-Lounge ein. Wir unterhielten uns über Blues-Gitarristen. Er erzählte mir, dass er für mehrere Monate seine Gitarre in die Ecke gestellt habe, nachdem er Stevie Ray Vaughan das erste Mal hatte spielen hören.

Stevie … der war schon eine Klasse für sich. Ich hätte ihn sehr gerne mal live erlebt – leider war er 1990 mit einem Helikopter abgestürzt, der ihn nach einem Konzert von Wisconsin nach Chicago bringen sollte.

Die Unterhaltung ging weiter, wir arbeiteten uns durch die Crème de la Crème der Blues-Gitarren-Heroes. Derweil befühlte er ein Stück freie Haut an meinem Rücken.

Sehr viel später am Abend verschwand ich einfach ohne viel Aufhebens zu machen. Ich wollte an diesem Abend nicht mit ihm gehen. Ich hätte schon Lust auf ihn gehabt, aber ich wollte nicht unbedingt, dass die Blues-Community mitbekam, dass ich mir gelegentlich eine Affäre gönnte. Immerhin kannten wir uns nicht weiter und ich wusste nicht, ob er mit seiner Eroberung angeben würde. Später stellte sich heraus, dass er verheiratet war und ich nahm an, dass er nicht unbedingt scharf darauf war, seine Bettgeschichten breitzutreten.

Wir haben uns einige Wochen später wieder getroffen. Ich wollte ihm nicht zeigen, wie gut er mir gefiel, und habe nur kurz gegrüßt, ansonsten habe ich ihn ignoriert. Immerhin gab es ja noch andere nette Männer, mit denen ich mich sehr angeregt unterhalten konnte.

Wieder eine Woche später traf ich ihn wieder beim Blues. Er fragte mich, ob wir einen Zigarillo auf der Terrasse rauchen wollten. Ich hatte nichts dagegen. Er fing sofort an, meinen Rücken und meine Beine zu streicheln. Er wollte wissen, warum ich mich nicht bei ihm gemeldet hätte. Ich hatte ihm allerdings eine SMS geschickt, die er jedoch falsch zugeordnet hatte.

»Ach, du warst das mit der Frage nach Randy Hansen. Das hatte ich nicht verstanden. Ich hatte die SMS bekommen, aber deinen Namen nicht gesehen.«

Ich hatte mir einen Spaß daraus gemacht, ihn zu fragen, was Randy Hansen von Jimi Hendrix unterschied – *einer von beiden lebte noch.*

Heute wollte er sein Glück bei mir versuchen. Er nahm mir den Zigarillo aus der Hand und küsste mich. »Wollen wir uns ein Zimmer nehmen? Oder nimmst du mich mit zu dir?« Er grinste mich frech an, wartete meine Antwort nicht ab, sondern rief die Hotel-Rezeption an und fragte nach einem freien Zimmer. Er wollte den Schlüssel abholen und mir die Zimmernummer telefonisch durchgeben. Ich sollte nachkommen.

Auf dem Weg zur Lobby begegnete mir sein Freund Christoph. »Wo hast du denn Henry gelassen?«

Ich behauptete, er wäre zum Auto gegangen und ich wüsste nicht, was er vorhabe. »Ich glaube, er wollte nach Hause.« Ich müsste jetzt aber auch weg, weil mein Freund gerade nach Hause gekommen wäre.

Das war genau das, was ich befürchtet hatte: Christoph hatte den Braten gerochen. Ich war mir sicher, dass sein Freund Henry schon öfter mal eine Lady zwischendurch klargemacht hatte.

Mein Handy klingelte. Ich sagte: »Ja, Schatz, ich bin in zehn Minuten zu Hause. Mach schon mal den Sekt auf.«

Dann ging ich zum Zimmer mit der Nummer 101.

Henry öffnete mir die Tür im Bademantel. Er rauchte einen Joint. Das ganze Zimmer roch nach Shit. Sicherheitshalber hatte er die Batterien aus den Rauchmeldern entfernt. Das konnte ja ein lustiger Abend werden. Er riss das Fenster auf, damit die anderen auch etwas davon hatten.

Er reichte mir den Joint und ich inhalierte mehrmals schön tief. Wir lagen sehr entspannt auf dem Bett, und schauten uns nur an. Dann küssten wir uns mit geschlossenen Augen. Ich war bereits sehr erregt, als er anfing, mir die Bluse aufzuknöpfen. Er zog den Bademantel aus, ich nahm mir seinen Schwanz vor und massierte ihn langsam. Zwischendurch suchte er Musik, zu der man schön vögeln kann.

»Wie wär's mit Carlos Santana – Samba pa ti?«

»Perfekt!! Schön langsam, nur keine Hektik.«

Ich zog meine Strümpfe und meine Unterwäsche aus. Er sah mir dabei zu und zeigte mir seine Erektion. Er massierte genüsslich meine äußeren Schamlippen und legte sich dann auf mich. Er drang nur halb in mich ein und berührte zwischendurch immer wieder mit seiner Schwanzspitze meinen Kitzler. Als ich schon dachte, das wäre es gewesen, fing er an, mich mit sehr kraftvollen Stößen zu ficken. Dazu flüsterte er mir ins Ohr, wie geil sich meine Möse anfühle.

»Ich wusste gleich, dass du eine geile, saftige Fotze hast. Warum hast du sie mir so lange vorenthalten?«

Mit kräftigen, tiefen Stößen stimulierte er eine besonders empfindliche Stelle in meinem magischen Dreieck.

Nach meinem zweiten oder dritten Orgasmus verströmte auch er sich mit einem lang gezogenen tiefen Seufzer.

Es war ein ganz besonderes Erlebnis mit ihm, dass mich an die schönen Zeiten in den 70er-Jahren erinnert hat, als ich frisch verliebt mit meinem ersten Mann die körperliche Liebe entdeckte. Die Musik, die Joints, die Art wie er mich küsste … das war einfach magisch.

Ich blieb noch einige Minuten neben ihm liegen, küsste ihn zum Abschied und zog mich an. Ich wollte nicht die Nacht mit ihm verbringen, das hätte den Zauber zerstört.

Als ich durch die große Eingangstür hinaustrat, sprang irgendwo im ersten Stock ein Rauchmelder an.

Als ich vom Parkplatz in die Königsberger Straße fuhr, kam mir bereits die Feuerwehr entgegen. Ich dachte mir nur: *Gut, dass ich damit nichts zu tun habe.*

Neue Schuhe

Ich traf Michael bei *Burresi*, einem exklusiven Schuhgeschäft in der Wilhelmstraße. Ich war auf der Suche nach ein Paar passenden Schuhen zu dem orangeroten Kleid, das ich zu einem schicken Brunch am Wochenende tragen wollte. Alle Schuhe, die ich zu Hause probiert hatte, passten entweder farblich nicht oder waren nicht elegant genug.

Ich hatte mir bereits drei Modelle ausgesucht, die Verkäuferin war nach hinten entschwebt und würde hoffentlich mit den passenden Größen zurückkommen.

Oh je ... da war ja eine Laufmasche in meinem linken Strumpf. Ich beschloss, diesen diskret auszutauschen. Einen Ersatzstrumpf hatte ich in meiner Handtasche.

Als ich gerade den Strumpf ausgezogen hatte, bemerkte ich einen hoch gewachsenen gut gekleideten Herrn, der sich offensichtlich köstlich über mich amüsierte. *Na warte*, dachte ich, *Du kannst noch mehr davon bekommen* ... Ich zog den neuen Strumpf hoch, richtete den breiten Spitzenabschluss bei hochgezogenem Rock und strich mit meinen Händen von unten nach oben über beide Strümpfe. Danach schaute ich ihn direkt an und lächelte.

Das schien ihm zu gefallen, denn er nickte mir zu und fragte: »Kann ich der Lady behilflich sein?«

Ich antwortete: »Ja, gerne, sie könnten mir bei der Auswahl der Schuhe helfen.«

In diesem Moment kam die Verkäuferin zurück. Sie hatte noch zwei weitere Modelle mitgebracht, von denen sie hoffte, dass sie zu meinem Kleid passen würden.

Michael hatte sich derweil mit einer knappen Verbeugung vorgestellt und mir seine Visitenkarte überreicht. Ich zeigte ihm ein Foto des Kleides, zu dem ich die Schuhe tragen wollte.

Er sagte: »Meine Liebe, zu diesem Kleid könnten sie auch barfuß gehen. Bei dem Dekolleté würde das niemand bemerken. Ich persönlich würde Ihnen jedoch zu diesen Schuhen raten.« Er zeigte auf ein Paar hellbeige Pumps aus glänzendem Leder mit schmalen Riemchen, die mit einer auffälligen Goldspange geschlossen wurden. Er nahm der Verkäuferin den Schuh aus der Hand. »Gestatten?«

Er streifte den Schuh auf meinen rechten Fuß und hob ihn kurz an, um ihn zu begutachten. Hatte er etwa gesehen, dass ich keinen Slip trug? Er kniete sich vor mich hin und zog mir den linken Schuh an. Er umgriff meine Ferse, platzierte sie auf seinem rechten Oberschenkel und schloss die kleine goldenen Spange. Dabei streichelte er meinen Unterschenkel etwas zu lange.

Ich spreizte ganz leicht die Beine, um ihm einen kurzen Blick zu erlauben.

Er sagte: »Das ist ein außerordentlich schöner Anblick. Diese Schuhe stehen ihnen wirklich sehr gut. Wollen Sie noch die anderen Schuhe probieren oder vertrauen Sie meinem Urteil?«

Ich lächelte und sagte: »Es wäre durchaus hilfreich, ein oder zwei Schritte zu gehen, um die Passform besser beurteilen zu können.«

Die Riemchen sorgten für den perfekten Sitz, ich konnte sehr gut laufen. »Gekauft!«, sagte ich.

Die Verkäuferin freute sich, dass ich meine Entscheidung so schnell getroffen hatte. »Ich kann also die anderen Schuhe wegräumen?«

Michael half mir dabei, die Schuhe abzulegen. Die Verkäuferin legte sie vorsichtig in einen Karton, der mit schwarzem Seidenpapier ausgeschlagen war. Sie verschwand Richtung Kasse.

Michael war bereits damit beschäftigt, mir meine schwarzen Booties anzuziehen. Er riskierte noch einen langen Blick. In seinen grauen Augen sah ich aufflackernde Lust. Seine Hand wanderte kurz zum Spitzenrand unter meinem Rock. Ich ließ ihn gewähren und lächelte ihn herausfordernd an.

Er reichte mir die Hand, zog mich zu sich hoch und küsste mich leidenschaftlich. Dann sagte er: »Wie wäre es, wenn wir jetzt noch die passenden Des-

sous einkaufen würden? Einen schicken BH, halterlose Strümpfe und eventuell noch ein Hauch von
Nichts mit Perlen. Was sagen Sie dazu?«
Ich sagte »Ja«, denn auf so einen Mann wie Michael hatte ich schon lange gewartet.

Der Rosenkavalier

Claus Dieter war ein Gentleman der alten Schule. In der Öffentlichkeit wusste er, was sich gehörte. Unter vier Augen kam er allerdings ohne Umschweife zu seinem Lieblingsthema: Ficken – das war sein erklärtes Lieblingswort. Er liebte es, sich Bilder anzuschauen, vorausgesetzt, sie zeigten Frauen mit weit gespreizter Scham. Er erzählte gerne ausführlich von seinen amourösen Abenteuern. Er war verheiratet, seine aktuelle junge Geliebte hatte nicht immer Zeit für ihn, deswegen hielt er Ausschau nach einer Frau, die bereit war für *feuchte Spiele*.

Ich lernte ihn in einem Reisebüro in Bad Homburg kennen. Wir hatten den gleichen Prospekt in der Hand: *Exklusiv geführte Touren in Südafrika*. Er sprach mich an: »Na, wie wär's? Darf ich Sie zu einem *Chenin Blanc* in Kapstadt einladen?«

»Ja, gerne, warum nicht? Ich fliege allerdings erst in acht Monaten nach Südafrika, und Sie?«

Galant ergriff er meine Hand, deutete einen Handkuss an, schaute schelmisch nach oben und überreichte mir seine Visitenkarte. Claus Dieter stellte sich als Erfinder von *Dogx* vor, einem bekannten Hundefutter.

»Na schön, Mr. Dogx, sie sind ja jetzt kein Fremder mehr für mich, da können wir den Wein auch sofort trinken.«

Ein kleines Café in der Nähe würde ja wohl einen halbwegs trinkbaren Weißwein anbieten. Ich stellte mich als *Lady R.* vor, mehr wollte ich ihm heute nicht verraten.

Wir unterhielten uns exzellent und kamen wie von selbst auf die Themen *Labor* und *Lebensmitteltechnik*. Davon verstanden wir beide eine ganze Menge. Er wollte aber auch sofort wissen, ob ich Spaß an Sex hätte und ob ich mit ihm eventuell nach Südafrika fliegen würde.

Ich fragte: »Gibt es denn keine Frau Dogx oder zumindest eine Freundin, die sie begleiten könnte?«

Darauf sah er mich sehr treuherzig an und bekannte: »Die eine hat keine Zeit und mit der anderen will ich nicht nach Südafrika reisen!«

So viel Offenheit musste belohnt werden. Wir verabredeten uns zu einem romantischen Abendessen in Bad Nauheim, danach wollte er mit mir ins Bett. Ich sagte das Abendessen zu, ließ aber die Sache mit dem Beischlaf noch offen.

Er empfing mich mit einem Strauss orangeroter Rosen am Bahnhof. So ein Romantiker! Das hätte ich nicht von ihm gedacht. Danach geleitete er mich in sein Büro und erzählte mir ausführlich von seinen geschäftlichen Aktivitäten. Hinter dem Büro befand sich ein Wohnraum mit einem großen französischen Bett. Hier packte er mir mit beiden Händen an den Hintern und fragte ganz direkt: »Wie wäre es jetzt mit einer kleinen Begrüßungskopulation und nach dem Essen wird gefickt?«

»Aber mein lieber Claus Dieter, wir wollen doch nicht gleich mit der Tür ins Haus fallen ... lass uns erst mal schön essen gehen – immerhin hast du mich dazu eingeladen.«

Der Italiener war wirklich gut. Nach dem Aperitif – Prosecco für mich, Wasser für ihn –, zwölf Austern, Tagliatelle mit Trüffelgedöns und dem Genuss von einer Flasche Wein, machte mir der Wirt ein unmoralisches Angebot: Die letzte Geliebte von Claus Dieter wäre auch *seine* Geliebte gewesen, ob ich in dieser Frage offen wäre ... Ich wollte lieber einen Nachtisch, aber es gab leider nichts, was mir zugesagt hätte, also sagt ich: »Nein, aber vielen Dank für das Angebot.« Der Wirt verabschiedete sich mit einem tiefen Blick in mein offenherziges Dekolleté und Claus Dieter erledigte das mit der Rechnung diskret und routiniert.

Danach spazierten wir bester Laune zu seinem *Porsche Cayenne*, den er direkt am Kurpark abgestellt hatte. Er freute sich wohl auf das, was jetzt kommen sollte …

In seinem Büro sorgte er für Dämmerbeleuchtung und öffnete noch eine Flasche Sekt, um mich in Stimmung zu bringen. Flink entledigte ich mich meines *Spanx*-Höschens und präsentierte mich in sexy roter Unterwäsche und halterlosen Strümpfen. Er saß schon in Boxershorts und weißem T-Shirt auf dem aufgeschlagenen Bett und wühlte in einer Kiste mit Sex-Toys. Er hatte mindestens sechs verschiedene Vibratoren, dazu Liebeskugeln, Kondome mit Noppen, Gleitcreme …

Er wollte mich sofort lecken und bat mich, den Slip auszuziehen. Er hatte eine ordentliche Erektion, die er mithilfe eines dicken Gummirings stabilisierte. Er raunte: »Ich liebe Natursekt, hast du das schon gewusst? Mach es mir und du bist meine Göttin.«

Ich dachte nur: *Heilige Scheiße, was habe ich mir denn da eingebrockt?* Das ging mir eindeutig zu weit.

Danach wollte er mir mich von hinten beglücken und einen seiner Vibratoren einsetzen. Er war durchaus standfähig und bediente das Spielzeug geschickt. Er bescherte mir einen passablen Höhepunkt. Allerdings hatte mich sein Faible für Natur-

sekt und anale Spiel abgetörnt, deswegen verzichte-
te ich auf eine zweite Runde.

Er brachte mich galant zum Bahnhof in Oberursel,
mit der S-Bahn wäre ich in wenigen Minuten zu
Hause. Er bestand darauf, dass ich ihn anrufe, so-
bald ich dort angekommen wäre. – Wie gesagt, er
war ein Gentleman der alten Schule.

Er schwärmte mir noch tagelang vor, wie sehr er
die Stunden mit mir genossen hätte. Ganz besonders hatte es ihm wohl meine Lustgrotte angetan.
Er schrieb: *Dein Liebestunnel ist straff und eng.*
Dein lieblicher, süßer Geschmack macht mich ganz
wild. Wenn du mal einen Freund hast, möchte ich
dich immer lecken dürfen. Das war ein schönes
Kompliment, dass mich sehr freute.
Ich habe Claus Dieter später immer mal getroffen,
als mein damaliger Freund (ein Therapeut), mir den
Verzicht auf Sex schmackhaft machen wollte. Er
nannte das *Sublimieren* oder *Sex Fasten* aus spiri-
tuellen Gründen. Ich ließ also meinen Freund sublimieren und Claus Dieter durfte mich ausgiebig
lecken – ich hatte jede Menge Orgasmen. So waren
alle Beteiligten zufrieden.
Wenn ich im Supermarkt das Hundefutter der Marke *Dogx* sehe, denke ich an unsere heimlichen Treffen und meine Möse wird feucht.

Edinborough

Ich traf Jo im *Radisson-Blu*-Hotel an der *Itchycoo Bar*. Er kam gerade von einer Tour durch die Highlands auf der Suche nach dem idealen Whisky. Ich hatte gerade eine Schulung zum Thema *Haarkuren* hinter mir. Er sah gut aus, ein sehr männlicher Typ, hatte eine gewisse Ähnlichkeit mit Sean Connery. Er war müde, rieb sich diskret die Augen. Ich war auch nicht gerade in Hochform. So saßen wir nebeneinander an der Bar, jeder in seine Gedanken vertieft. Als mein Handy klingelte, dachte er, es wäre seins und griff in seine Jackentasche.

Ich sagte: »Es ist meins, aber ich gehe jetzt nicht ran.«

Er schaute mich verblüfft an. Offensichtlich hatten wir beide den gleichen Klingelton aus Vivaldis vier Jahreszeiten: *Winter*.

»Sie interessieren sich für Klassik?«

Das konnte man so allerdings nicht sagen. Ich stand eher auf Blues und Hardrock. Einer meiner Kollegen hatte mir den Klingelton auf meinem Firmenhandy installiert, damit es sich deutlicher abhob.

»Es könnte etwas Wichtiges sein. Wollen Sie nicht zurückrufen?«

»Es ist immer wichtig«, entgegnete ich. »Ich habe heute zwölf Stunden gearbeitet. Nun ist es gut. Morgen ist auch noch ein Tag.«

Er machte eine wissende Kopfbewegung. »Ja, das kenne ich.«

Ich würde später nachsehen, was meine Kollegin wollte. Wir waren im gleichen Hotel, sie würde mir sicher gleich eine WhatsApp schicken.

Jo musterte mich aus dem Augenwinkel. »Sie sind also nicht zum Vergnügen hier?«

Ich erklärte ihm kurz, um was es bei meinem Training ging, hatte aber keine Lust, ihm die langweiligen Details zu erklären. Jo erzählte mir von seinem Whisky-Seminar und dass er heute noch an einem kleinen Quiz für Kenner teilnehmen wollte. Er erzählte mit leuchtenden Augen von den alten Fässern aus Limousin-Eiche, in denen Whisky gelagert wurde. Essenzen vom Sherry, Portwein und Tannine aus dem Holz gaben die besondere Note.

Er erklärte mir gerade, was man unter *Angel Dust* verstand, da kam einer der Seminarleiter und entführte ihn. Er versprach mir, er würde den Preis, einen *Glenmorangie* von 1989, nur mit mir trinken ….

»Good Luck!«

Ich zog mich zurück auf mein Zimmer und bestellt mir ein Club-Sandwich. Ich hatte drei Tage lang mit unseren Geschäftspartnern in den besten Restaurants gegessen. Heute Abend wollte ich es gemütlich haben, auf meinem Bett herum lümmeln, TV schauen und mein Sandwich essen.

Um elf Uhr war ich bereits sehr müde. Ich beschloss, mir die Zähne zu putzen und mich unter die Bettdecke zu kuscheln. Da klopfte es an der Tür: »Zimmer Service.«

Ich schaute durch den Spion, ich hatte nichts bestellt. Ich dachte, man hätte sich vielleicht in der Zimmernummer geirrt und öffnete die Tür. Es war Jo, er hielt die Flasche wie eine Trophäe in der rechten Hand. Er hatte tatsächlich gewonnen und wollte nun den Gewinn mit mir verkosten. Ich mag keinen Whisky. Er ignorierte meinen Einwand und angelte sich zwei Gläser. Dieser Whisky habe nichts damit zu tun, was ich irgendwann mal probiert hätte, meinte er und hatte recht: Er schmeckte nach Bratäpfel und gerösteten Marshmallows – wunderbar. Wir nahmen einen ordentlichen Schluck, dann begann er, meine Füße zu massieren. Ich ließ es geschehen. … er machte das wirklich gut. Mein Rock war nach oben gerutscht, er schaute begehrlich in Richtung Rocksaum. Ich tat so, als ob ich den Rock herunterziehen wollte, um ihm die Aussicht zu verwehren. Dabei schaute ich ihm direkt in die Augen. Er war irritiert … Ich zog den Rock etwas höher und ließ ihn nicht aus den

Augen. Er konnte den Blick nicht von den schönen Spitzenrändern lassen. Die zarte Barriere auf dem Weg zur Himmelspforte zog ihn magisch an.

Er stand auf, zog mich hoch und küsste mich mit einer Energie, die mich schwindlig werden ließ. Ich war wie Wachs in seinen Händen und spürte eine starke Erregung. Seine Hände waren überall – unter meinem Rock, in meinem Ausschnitt. Meine Hände wanderten unter sein Hemd, ich fühlte Brusthaare und gut trainierte Muskeln. Seine Hose spannte, seine kapitale Erektion konnte ich nicht übersehen. Wir wälzten uns leidenschaftlich auf dem Bett und zogen uns gegenseitig aus. Er packte beherzt an mein feuchtes Moosdöschen und raunte mir ins Ohr: »Ich wusste, dass du das willst, als ich dich vorhin an der Bar gesehen habe.« Da hatte ich meinen ersten Höhepunkt.

Ich wollte seinen Schwanz spüren und griff nach seinem Gürtel, der sich leicht abstreifen ließ. Ich wollte allerdings noch ein wenig mit ihm spielen, bevor ich ihm erlauben würde, in mich einzudringen. Er drückte meine Beine auseinander und zeigte mir, dass er nicht warten wollte. Ich war bereit für seinen harten Schwanz, der meine Vagina aufs Köstlichste ausfüllte.

Ich bat ihn um eine Pause. Ich wollte ihn jetzt unbedingt lecken. Er genoss es, schaute zu, wie ich erst mit meiner Zungenspitze, danach mit meinen Lippen seine Eichel bearbeitete. Nun wollte ich ihn wieder in mir spüren. Ich wusste, er würde schnell zum Höhepunkt kommen. Als er mich aufforderte, mich selbst anzufassen, fühlte ich einen von vielen Orgasmen heranrollen. Er ejakulierte mit lautem animalischen Stöhnen. Wir verschmolzen in unseren Kontraktionen und genossen den Augenblick.

Ich habe zu Haus noch oft an meinen sexy Scotsman Jo gedacht. Das war mit Abstand meine aufregendste Geschäftsreise.

Lady im Regen

Es regnete in Strömen. Ich fuhr mit meinem Volvo an der Bushaltestelle vorbei und traute meinen Augen nicht: Die Lady dort trug einen engen schwarzen Rock, schwarze High Heels und einen Regenmantel. Der große rote Schirm versperrte mir den Blick auf ihr Gesicht. Ich musste wohl oder übel wenden, um einen weiteren Blick zu erhaschen. Sie sah aus, wie die Reinkarnation meiner Freundin Maria, mit der ich viele Jahre eine wunderbare hocherotische Beziehung hatte. Nun stand ich vis-à-vis am Straßenrand und schaute zu ihr hinüber. Unter dem Regenmantel trug sie eine elegante schwarze Jacke und einen Schal in Cremeweiß. Ihre blonden Haare waren hochgesteckt.

Ich stieg aus und fragte, ob ich behilflich sein könne. Ich würde sie fahren, wohin sie wolle.

Sie schaute mich erstaunt an: »Sie werden ja ganz nass, guter Mann. Kommen Sie doch wenigstens unter meinen Schirm.« Sie duftete ganz dezent nach *Chanel Allure*. Ihre Perlenohrringe reichten fast bis zur Höhe ihres Kinns. Ihre Lippen waren voll und zart rosa geschminkt. Sie lächelte. Anscheinend machte ihr das Mistwetter nichts aus.

»Bitte verfügen Sie über mich. Wo wollen Sie hin? Ich fahre Sie. Wer weiß, wann hier der nächste Bus kommt.«

Sie nickte zustimmend und ich führte sie zu meinem Wagen. Sie zog ihre Schuhe aus und begann, sich die Füße mit einem Taschentuch zu trocknen. Mein Blick verirrte sich unter ihren verrutschten Rock, was mich sehr erregte.

»Ich hätte wenigstens andere Schuhe tragen sollen«, sagte sie fröhlich. »Ich habe den Regen etwas unterschätzt. Na, wenigstens hat der Regenmantel mich davor bewahrt, dass meine Kleidung völlig durchnässt ist.«

Ich wollte ihr nicht sofort eingestehen, dass mich sowohl Regen als auch Regenbekleidung erregten. Ich probierte es mit einem Kompliment: »Sie sehen ganz entzückend aus, der Regen kann Ihnen nichts anhaben.«

Sie wollte zu einer Vernissage nach Kronberg. Ihr Wagen hatte Probleme mit dem Lenkradschloss und das herbeigerufene Taxi hatte aus irgendeinem Grund den Weg nicht gefunden. Sie wirkte keineswegs gestresst, sondern schien die Situation zu genießen. Hatte sie etwa auch ein Faible für Regen? Ich traute mich nicht, nachzufragen.

Sie bat mich, sie zur Vernissage zu begleiten: »Wenn wir uns schon auf so ungewöhnliche Weise kennenlernen, könnten Sie doch für heute mein Begleiter sein, oder?«

Die Vernissage war in der Altstadt, ich ließ sie direkt vor der Galerie aussteigen und parkte den Wagen in der Tiefgarage am Berliner Platz. Als ich wenige Minuten später in der Galerie ankam, unterhielt sie sich bereits angeregt mit einem sehr gut aussehenden Herrn, der sein lockiges dunkles Haar lässig nach hinten frisiert hatte. Ein schönes Paar! Ich sah die beiden an und meine Gedanken schweiften kurz zu Maria.

Darf ich bekannt machen? »Das ist Eduardo, mein künstlerischer Berater.«

Ich stellte mich vor: »Carlo von Halbershausen. Ich bin heute der Chauffeur dieser entzückenden Dame.«

Sie flüsterte: »Mein Name ist Rena Rodriguez. Ich bin Schmuckdesignerin.«

Eduardo brachte Sekt, küsste Rena auf die Wange und kümmerte sich um weitere Besucher.

Diese Frau machte mich nervös. Ihr Gesicht und die Erinnerung an Maria verschwammen vor meinen Augen. Wir schauten uns die Bilder an. Das Highlight war ein *Warhol*. An einer Wand hing ein riesiger *Roy Lichtenstein*. Es gab einige Bilder von *Keith Haring* und andere, die ich nicht einzuordnen vermochte.

Eduardo erschien schon wieder mit Sekt, diesmal lehnte ich ab. Rena und Eduardo tranken, berührten sich absichtlich oder unabsichtlich, die Luft brannte und ich träumte schon wieder von Maria. Es wäre mein Traum gewesen, die beiden weiter beobachten zu dürfen, denn das war meine zweite heimliche Obsession: Ich liebte es, wenn eine Frau von einem potenten Mann verwöhnt wurde und ich zuschauen durfte. Seit ich nicht mehr in der Lage war, eine Frau zu penetrieren, wünschte ich mir nur noch, ihre Lust zu erleben. Ich fühle sozusagen ihren Orgasmus in meinem Kopf.

Ich hielt mich etwas im Hintergrund und bot den beiden diskret meine Dienste als Chauffeur an. Sie hatte wohl meine Gedanken erahnt, denn sie beugte sich zu mir und raunte: »Carlo, Eduardo kann seine Finger nicht von mir lassen. Ich hoffe, Sie fühlen sich nicht kompromittiert.« Ich versicherte ihr, meine Augen und Ohren wären versiegelt. Ich würde alles tun, um sie glücklich zu sehen. Ich würde diese wunderbare Frau mit ihrem Lover chauffieren ... ein Traum.

Es dauerte noch elend lange zwei Stunden, bis der letzte Besucher verabschiedet war. Ich holte den Wagen und wartete geduldig auf meine wertvolle Fracht. Ich war erregt und konnte es kaum erwarten, bis sie auf der Rückbank Platz genommen hatten. Eduardo war wohl etwas schüchtern, doch Rena ergriff die Initiative. Sie küsste ihn hingebungsvoll und zog dabei ihren Rock hoch. Er griff zu, packte ihren kräftigen Hintern mit beiden Händen und versank in ihrem Schoss. Sie stöhnte laut auf. Ich war begeistert. Ich wünschte nur, ich könnte noch näher bei ihr sein.

Nachdem sie schon mehrmals gekommen war, tauschten sie die Plätze und sie beschäftigte sich ausführlich mit seinem Schwanz. Eduardo hatte meine Anwesenheit längst vergessen. Er seufzte zufrieden. Nun wollte er in sie eindringen. Sie setzte sich auf ihn, sodass sie zu mir sehen konnte. Ihre Bluse war geöffnet, sie massierte ihre Brustwarzen. Eduardo schob ihr Becken vor und zurück und massierte ihre Liebesperle. Sie schaute mir in die Augen, so gut das eben ging während der Fahrt. Ich genoss ihre Lust, die sie so großzügig mit mir teilte. So begann unsere Ménage-à-trois oder besser gesagt, ich wurde ihr glücklicher Diener.

Max & Marie

Das Restaurant war gut besucht. Ein Kellner fragte Luisa höflich, ob es in Ordnung sei, wenn er noch ein Paar an ihren Tisch setzen würde. Er kenne die beiden, sie seien sehr nett. Luisa nickte, sie plauderte gerne während des Essens.

Der Kellner führte ein gut gekleidetes Paar an den Tisch. Sie war eine etwas üppige Blondine, alterslos um die fünfzig, er ein schlanker, schon ergrauter Mann, älter als seine Frau. Beide lächelten freundlich, bedankten sich für den Platz und stellten sich als Marie und Max vor.

Zwischen den dreien entstand schnell eine entspannte Atmosphäre und sie plauderten über alles Mögliche. Plötzlich merkte Luisa, dass ihr warm wurde, sie fühlte sich seltsam erregt, es war so, als ob etwas Magisches durch den Raum zog, das ihre Lust entfachte. Erst war sie irritiert, dann konzentrierte sie sich. Plötzlich wusste sie, was los war: Von Marie ging ein fast unmerklicher Duft aus, den sie von sich selbst kannte, wenn sie auf Männerfang ging. Nur diesmal war sie es, die angelockt wurde. Als Antwort spreizte sie leicht die Beine, sodass die Düfte ihres Schoßes besser strömen konnten, und lächelte die beiden an. An den winzigen Veränderungen der Haltung, dem stärkeren Strahlen der Augen konnte sie ablesen, dass ihre Botschaft angekommen war. Marie lächelte zurück. Die Nacht versprach aufregend zu werden.

Max entschuldigte sich und verschwand kurz nach draußen, um zu telefonieren. Marie beugte sich vor, zwischen ihren üppigen Brüste hing eine apricotfarbene Perle von respektabler Größe.

»Sie tragen wunderschönen Schmuck, Sie sind eine sehr elegante Erscheinung.«

Marie nahm einen ihrer Ringe ab, einen schmalen Reif mit einem großen dunkelblauen Saphir, umrahmt von Brillanten. Sie sagte »Dieser Ring gehört Ihnen, wenn Sie meinem Mann Ihren Slip beim Dessert überreichen.« Sie machte eine Pause, in der sie Luisa genau beobachtete. Sie wollte wissen, wie ihr frivoler Vorschlag angekommen war. Dann sagte sie: »Ich möchte meinem Mann die Freude machen, mit Ihnen zu schlafen. Das mag Ihnen vielleicht komisch vorkommen, aber ich liebe meinen Mann und weiß, dass er eine gewisse Abwechslung braucht. Denken Sie bitte in Ruhe nach, ich werde Sie nicht bedrängen.« Marie schob Luisa den Ring zu.

Als Max zurückkam, bemerkte er, dass irgendetwas in der Luft lag. Was hatten die Frauen wohl ausgeheckt, als er draußen telefoniert hatte?

Der Kellner empfahl einen leichten Obstsalat mit einem Spritzer Marsala als Dessert. Man könnte dazu etwas Sorbet nehmen. Außerdem empfahl er einen *Moscato di Cagliari* zum Dessert.

Max nickte den Damen zu, er selbst wollte allerdings lieber einen Espresso zum Abschluss des Menüs.

Luisa entschuldigte sich, erhob sich und ging zum Waschraum.

Zurück am Tisch blieb sie neben Max stehen, öffnete ihre Handtasche, schaute Marie an und übergab Max ihren Slip. Dann setzte sie sich hin, als ob nicht geschehen wäre, und widmete sich ihrem Dessert.

Max presste das winzige Ding, das man kaum *Slip* nennen konnte, an seine Nase und lächelte verzückt. »Wer hätte gedacht, dass es hier so wunderbare Sachen zum Dessert gibt. Ich bin begeistert.«

Man beschloss, noch einen Absacker in einer nahegelegenen Hotelbar zu nehmen. Luisa hatte zwar den Ring angesteckt, wollte ihn aber später zurückgeben. Sie war schließlich nicht käuflich. Die Damen setzten sich an die Bar und bestellten einen *Bellini* auf Eis. Max stellte sich hinter Luisa. Sie spürte ein leichtes Vibrieren, als er sich an sie drückte.

Marie erhob ihr Glas »Auf einen schönen Abend. Ich freue mich, dass wir uns getroffen haben.« Dann erhob sie sich und ließ Luisa mit Max zurück.

Luisa drehte sich um und schaute Max an. In seinen Augen sah sie Begehren.

Er küsste Luisa auf den Mund und sagte »Das wollte ich schon den ganzen Abend tun. Sie sind eine wunderbare Frau. Es wird nichts geschehen, was Sie nicht wollen. Vertrauen Sie mir.«

Marie kam zurück. Sie war bester Stimmung, in ihrer Hand hatte sie eine Karte für ein Hotelzimmer. »Nun ... haben Sie es sich überlegt, Luisa? Ich habe uns die Suite im obersten Stockwerk reserviert. Wir können auf der Dachterrasse noch einen Drink nehmen.«

Luisa fühlte sich plötzlich etwas unsicher. Was wäre, wenn sie sich nicht wohlfühlte, alleine mit Max und Marie?

»Sie können jederzeit gehen. Ich gebe Ihnen die Zimmerkarte, wenn Sie wollen.« Marie hatte ihre Unsicherheit gespürt.

Da ergriff Max Luisas Hand. »Kommen Sie. Wir schauen uns jetzt das Zimmer an. Marie erledigt das mit der Rechnung und kommt nach.« Er führte Luisa zum Aufzug.

Als sich die Aufzugtür schloss, küsste er Luisa, bis sie keine Luft mehr bekam.

Das Zimmer war nur gedämpft beleuchtet. Durch die geöffnete Tür, die zur Dachterrasse führte, sah Luisa eine Sitzgruppe. Max führte Luisa zur Liege und schob ihren Rock hoch. Er wollte nicht warten. Der Duft, den er schon den ganzen Abend genossen hatte, raubte ihm die Sinne. Als er anfing, ihren Venushügel zu erkunden, bemerkte Luisa, dass Marie sich neben ihr auf einen Sessel gesetzt hatte. Sie trug nur noch ein zartes, schwarzes Etwas, eine Korsage, die ihre üppigen Brüste wunderbar zur Schau stellten. Max konzentrierte sich auf Luisa. Er wusste, dass sie bereit für ihn war. Luisa musste nur noch vergessen, dass eine zweite Frau anwesend war.

Max nahm sich Zeit. Mit Marie hatte er schon vor einiger Zeit ein Arrangement getroffen. Sie nahm sich von Zeit zu Zeit einen jungen Liebhaber – er wusste nicht wie und wo sie sich die Männer aussuchte, aber es gab genügend Bewerber. Er hingegen liebte es, eine fremde Frau zu beglücken und anschließend mit Marie alle Einzelheiten zu besprechen. Dass Marie zusah, war eine neue, prickelnde Variante, die sie erst heute kurzfristig vereinbart hatten.

Für Max war die Situation neu und er wusste noch nicht so genau, wie er sie meistern würde. Die Aussicht, gleich mit Luisa zu vögeln, war mehr als erregend. Marie hatte ihm bereits ihr Okay gegeben, also konzentrierte sich Max darauf, Luisa auf Touren zu bringen. Er streichelte sie ausgiebig und versuchte dabei zu erkunden, an welchen Körperstellen sie besonders empfänglich war. Als er ihre Brüste etwas fester massierte, stöhnte Luisa laut auf. Er biss zart in ihre rechte Brustwarze und massierte die linke weiter.

Luisa vergaß die Anwesenheit von Marie und wollte nun seinen Körper erkunden. Sie erhob sich von der Liege, kniete sich vor ihn und öffnete den Reißverschluss seiner Hose. Sein Schwanz war nicht nur hart, er hatte auch bereits einen *Sehnsuchtstropfen* vergossen. Luisa half ihm beim Ausziehen. Sie dachte noch mal kurz an Marie, dann schob sie den Gedanken beiseite. Luisa nahm Max' Schwanz in den Mund. Mit ihrer Zunge umschmeichelte sie zuerst zart seine Eichel, dann saugte sie an der Spitze und nahm seinen Liebesspender sehr tief in ihren Mund, dabei umschloss sie seine Peniswurzel fest mit Daumen und Zeigefinger. Danach lecke sie seine Hoden und seinen Damm und massierte seinen Liebesstab weiter mit der Hand. Sie schaute immer wieder hoch, um zu sehen, wie Max auf ihre Aktionen reagierte. – Er hatte die Augen geschlossen und stöhnte leise vor sich hin. Wo war Marie? Luisa wollte, dass Max nur ihr gehörte, zumindest für diesen Augenblick, und löste sich von ihm, schaute ihn an.

Er lag nackt vor ihr, seine Erektion war etwas erschlafft, aber das konnte man schnell ändern. Sie stellte sich mit gespreizten Beinen über ihn, damit er ungehindert in ihre Spalte schauen konnte.

Er sagt »Deine Möse sieht wundervoll aus. Setz dich bitte auf mich. Ich werde dich lecken und danach werde ich dich ficken, bis es dir kommt.«

Luisa zweifelte keine Sekunde daran. Sie ließ sich vorsichtig auf seinem Gesicht nieder. Sie spürte sein Kinn, seine Bartstoppeln ... Seine Nase tauchte in ihre Vagina ein, seine Zunge noch viel tiefer, seine Hände waren überall. Luisa genoss seine Berührungen. Max war der erste Mann, der auch ihren Hintern so richtig genießen konnte.

Nachdem Luisa schon mehrmals gekommen war, sagte sie zu Max. »Ich kann zehn und mehr Orgasmen haben, bitte hör nicht auf.« Sie legte sich neben ihn.

Max schaute sie nur an. »Es ist einfach toll, deine Lust zu erleben. Ich will noch mit dir spielen.« Er küsste sie. Sein Kuss, sein ganzes Gesicht schmeckte nach ihrem Saft.

Plötzlich bemerkte Luisa, dass sie nicht alleine waren. Marie stand ihm Halbdunkel und beobachtete die Szenerie. Sie war nicht alleine, ein jüngerer Mann stand neben ihr und massierte ihre großen Brüste. Luisa lag mit weit gespreizten Beinen da. Max zog ihre Schamlippen auseinander, als ob er sie einem Publikum präsentieren wollte.

Der junge Mann zog Marie ins Schlafzimmer. Kurz darauf hörte man, wie die beiden sich vergnügten. Luisa hatte es sehr erregt, dass Marie und ihr Begleiter ihr beim Liebesspiel mit Max zugeschaut hatten. Und es erregte sie auch, als sie Marie und ihren jungen Liebhaber hörte.

Max ging es wohl genauso. Auch ihn erregten die Lustschreie seiner Frau. Er kniete sich vor Luisa, platzierte ein Kissen unter ihre Hüften und schob ganz langsam seinen harten Schwanz in ihre feuchte Lustgrotte. Zuerst bewegte er sich sachte, dann wurden seinen Bewegungen immer schneller. Luisa knetete ihre Brustwarze mit einer Hand, die andere hatte sie an seinem Hintern und gab so den Rhythmus vor. Alles in ihr schrie nach einem Höhepunkt.

Als Max soweit war, massierte Luisa ihre Lustperle und ließ sich von einem weiteren Höhepunkt hinwegtragen.

Max war laut und heftig gekommen. Beim Orgasmus hatten sie sich in die Augen geschaut. Nun lagen sie ermattet nebeneinander.

Luisa war sich nicht sicher, ob diese Begegnung eine einmalige Sache bleiben sollte oder ob man sich wieder treffen könnte. Als sie noch darüber nachdachte, sagte Max: »Ich habe hier alle zwei Wochen zu tun. Passt es dir auch mal morgens?

Und bitte wasche deine Spalte fürs nächste Treffen nicht so gründlich.«

Luisa antwortete nicht. So erregend diese erotische Begegnung auch war, sie wollte diesen Mann nicht mit einer anderen Frau teilen. Wenn er sie alleine treffen wollte, würde sie keine Fragen stellen.

Als ob er ihre Gedanken erraten hätte, sagt Max: »Ich will deine Lust alleine genießen, deine geheimsten Fantasien erfahren. Lass uns einen Termin für nächste Woche ausmachen.«

Luisa war einverstanden. Sie erhob sich, zog sich in Ruhe an und verließ das Zimmer.

Draußen wurde es bereits hell. Sie fuhr mit dem Taxi nach Hause. Als sie nach ihrem Haustürschlüssel in ihrer Handtasche suchte, fand sie den Ring mit dem blauen Saphir und eine Visitenkarte von Max. Luisa lächelte, den Ring würde sie nicht behalten.

French Knickers

Jedes Haus hat seinen speziellen Geruch. Das Haus, in dem mein Schulfreund Udo wohnte, roch nach Bohnerwachs. Bei Renate stank es nach Schmierseife und billigem Wein. Bei uns zu Hause roch es nach Essen, denn meine Mutter ließ gerne einen Eintopf auf dem Herd köcheln. Manchmal konnte man auch noch gebratenen Speck und Zwiebeln wahrnehmen. Wenn mein Vater zu Hause war, vermischte sich der Gestank seiner Zigaretten mit den Essensdüften zu einem unangenehmen Potpourri.

Es gab Gerüche, die ich besonders mochte. Meine Großmutter verwendete *Eau de Cologne*. Sie betupfte sich gelegentlich die Schläfen mit einem Taschentuch, das sie vorher damit benetzt hatte. Heute denke ich, sie bekämpfte damit ihre Hitzewallungen. Damals war ich 13 oder 14 Jahre alt und hatte keine Ahnung von derartigen Dingen – und kaum Haare am Sack, wie man so sagte.

Im Haus meiner Großmutter wohnte eine Frau, die ein ganz besonderes Bouquet verströmte. Wenn sie vorbeiging, blieb ich stehen und versuchte herauszufinden, was ich da wahrnahm. Es war kein Parfum, es war keine Seife, es war kein Essen … Mein Versuch, ihren Geruch zu beschreiben, scheiterte kläglich. Er erinnerte mich vage an süßen Pudding mit einem Hauch Vanille. Ich nannte ihn *Annemie*, nach seiner Trägerin. – Ich wollte mehr von *Annemie*.

Sie wusch ihre Unterwäsche in ihrer kleinen Wohnung im Waschbecken und hängte sie dann im Waschkeller meiner Großmutter auf. Mit der Zeit lernte ich, dass es einen Kalender gab, wer wann seine Wäsche im Keller trocknen durfte. Meine besondere Aufmerksamkeit galt Annemies Schlüpfern. Man nannte sie *French Knickers*, sie waren aus feiner Seide. Wenn ich wusste, dass Annemie ihre Höschen, hinter den Handtüchern verborgen, auf der Wäscheleine aufgehängt hatte, schlich ich in den Waschkeller. Ich nahm eins ihrer Höschen von der Leine und vergrub meine Nase an der Stelle, die vorher direkt zwischen Annemies Beinen eingepfercht war. Ihr Duft war immer noch wahrnehmbar. Wie würde so ein Höschen wohl duften, wenn sie es gerade ausgezogen hatte? Oder – ich wagte fast nicht, daran zu denken – wenn sie es noch anhatte? Ich träumte von Annemie und dass sie mich mit in ihre kleine Wohnung nehmen würde.

Eines Tages erwischte sie mich im Waschkeller. Ich hatte eins ihrer Höschen in der Hand und streichelte versonnen die Stelle, die ich so besonders liebte.

»Was machst du da? Lass deine schmutzigen Finger von meiner Wäsche!«

Ich stotterte, brachte keinen vernünftigen Ton heraus. Ich hatte sie nicht gehört, die Tür war offen gewesen und ich hatte wohl geträumt.

Sie schaute mich amüsiert an. »Na, nun fang mal nicht zu weinen an. Du kannst mir helfen, die Wäsche abzuhängen, wenn du schon mal da bist.«

Sie begann, die Handtücher von der Leine zu nehmen, faltete sie geschickt zusammen und packte sie in einen Wäschekorb. Ich hatte bereits die Hemdchen und Höschen abgehängt und diese auf die Handtücher gelegt.

»Also gut. Da du dich ja so für meine Wäsche interessierst, darfst du sie nach oben bringen. Ich zeige dir, wie die feinen Sachen gebügelt werden, dabei könnte ich deine Hilfe schon brauchen.«

Ich trug den Korb nach oben. Sie ging voraus. Ihr Duft berauschte meine Sinne. Ich wollte nur vor ihr knien und meinen Kopf in ihrem Schoss vergraben. Sie bot mir Limonade an. Dann stellt sie das Bügelbrett auf. Das Bügeleisen brauchte einige Minuten, bis es die korrekte Temperatur erreicht hatte. Sie legte eins der Höschen aufs Bügelbrett und bedeckte es mit einem dünnen feuchten Tuch, damit der feine Stoff keinen Schaden nehmen würde. Dann bügelte sie es langsam und sorgfältig. Sie

zeigte mir, wie ich es zusammenlegen sollte:
»Einmal in der Mitte falten, den Zwickel nach oben
klappen, danach nochmals falten.« Die gefalteten
Höschen legte sie in einen fliederfarbenen Karton.
Zwickel hieß also der Teil, der mir so gut gefiel. Ich
streichelte den Zwickel und hätte doch viel lieber
Annemie gestreichelt.

Als ich das letzte Höschen zusammenfalten wollte,
sagt sie: »Ich könnte es gleich anziehen. Willst du
mir dabei helfen?« Sie stellte den rechten Fuß auf
einen kleinen Schemel und löste die Klammern, die
den Strumpf am Platz gehalten hatten. Dann wechselte sie zum linken Bein und löste auch hier die
Halter vorne und hinten. Sie hielt mir die Hand hin.
»Na, nun gib es mir. Träumst du?«
Ich hatte nicht begriffen, was sie wollte.
Auf einmal zog sie den Rock hoch und erlaubte
mir, sie anzuschauen. »Ist es das, was du willst?«
Sie zog mich zu sich heran.
Da war er wieder, dieser Duft – so süß, so berau-
schend, so betörend. Ich kniete mich hin und inha-
lierte ihn.
Sie ließ mich lächelnd ihr magisches Dreieck er-
kunden. »Ach, mein Junge, du wirst wohl bald ein
Mann werden, wenn dir das so gut gefällt.« Sie
nahm meine Hand und führte sie zwischen ihre
Beine zu der Stelle, wo ich die Quelle des betören-

den Dufts vermutete. Sie nannte diese Stelle *mein Rosendöschen.* »Du darfst es streicheln, wenn du willst.«

Ja, ich wollte. Aber ich wollte mehr. Ich wollte an dem Döschen lecken. Ob sie das erlauben würde? Ich war wie von Sinnen. Ich musste es kosten. Ich drückte ihre Lippen auseinander und näherte mich voller Entzücken. Sie entzog sich nicht, sondern spreizte ihre Beine. Erst badete ich mein Gesicht in ihrem Saft, dann begann ich, ihre Lippen zu lecken. Sie zeigte mir, an welcher Stelle sie es besonders mochte, wenn ich meine Zunge kreisen ließ. Sie atmete schneller und stöhnte leise. Dann fragte sie mich, ob ich schon mal meinen Schwanz angefasst hätte. Ich zögerte, wusste nicht, ob ich das zugeben durfte. Ihre Hand wanderte nach unten und befühlte meinen Schritt. »Aber was haben wir denn da? Willst du mir deinen Zauberstab nicht zeigen?« Er war schon sehr steif geworden, als ich ihrem Rosendöschen so nahe gekommen war. Ich zog meine Hose aus. Sie zog mich zu einem Sofa und zeigte mir, wie ich mich auf sie legen sollte. Es war alles so schön feucht, warm und weich. Sie schob sich mir entgegen und mein Schwengel verschwand in ihrem Döschen. Sie flüsterte: »Du machst das sehr gut. Jetzt bewege dich schön langsam rauf und runter, es wird dir gefallen.« Wir bewegten uns in einem geheimen Rhythmus, der immer schneller wurde und mir immer besser gefiel. Ach, würde es nie enden … meine Annemie und ich … dieser Duft der uns umgab wie ein Kokon, ihre weiche Haut, ihre schönen Lippen. Ich fühlte mich wie im Paradies. Plötzlich zuckte sie heftig, ich hielt kurz inne. Sie stöhnte: »Mach weiter, Achim.« Ich hätte so oder so nicht aufhören können und spritze ihr meinen jungfräulichen Samen in den warmen Schoss.

Sie hielt mich noch eine Weile im Arm, dann bemerke sie: »Du bist jetzt ein Mann, der weiß, wie es ist, mit einer Frau zu schlafen. Wenn du das wieder tust, achte immer darauf, dass die Frau zuerst ihren Höhepunkt bekommt. Sie wird dich dafür lieben.« Dann stand sie auf, räumte das Bügelbrett weg und erklärte: »Der nächste Waschtag ist in zwei Wochen. Wenn du willst, kannst du mir wieder helfen, den Korb hochzutragen.«

Fahrt durch die Nacht

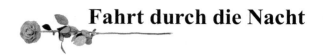

Ich hatte den zweiten Preis in einem Schreibwettbewerb gewonnen. Die ersten drei Preisträger wurden nach Hamburg eingeladen. Glücklich und aufgeregt genoss ich die Zugfahrt in der ersten Klasse.

Am Bahnhof wartete eine Dame mit einem Blumenstrauß und einem Schild mit meinem Namen. Im Hotel *Le Méridien* an der Alster überreichte sie mir einen Umschlag mit dem Programm für die nächsten zwei Tage. Am Abend sollte eine große Party steigen. Am nächsten Tag stand der Besuch der Redaktion *ViFit* auf dem Programm. Am zweiten Tag waren Gespräche mit einem Verlag geplant. Die zehn besten Geschichten sollten in einem Buch veröffentlicht werden.

Ich hatte das Gefühl, endlich am Ziel angekommen zu sein. Ich hatte mir schon lange gewünscht, ein Buch mit meinen Storys in Händen zu halten. Ich schrieb schon seit vielen Jahren, hatte aber nie den Mut, etwas davon zu veröffentlichen. Meine Freundin Lena hatte mich immer unterstützt, mich korrigiert und beraten. Ich hätte sie heute liebend gerne an meiner Seite gehabt, aber sie musste wegen einer Grippe zu Hause bleiben. Schade, schade! Wir hatten immer so viel Spaß, wenn wir zusammen unterwegs waren.

Mein Zimmer mit Alsterblick war ein Traum. Auf dem Bett lagen zwei Kleider zur Auswahl bereit, damit ich mich für die Party stylen konnte. Ein Frisör und ein Visagist würden sich um meine Haare und mein Make-up kümmern. So etwas hatte ich noch nie erlebt. Ich würde mich sicher nicht in einen anderen Menschen verwandeln, aber ich wollte heute so schön sein, wie es nur ging. – Die Firma *Wildmacher*, der Sponsor des Schreibwettbewerbs, hatte die Presse eingeladen. Die Fotos der Party sollten für Werbezwecke genutzt werden.

Drei Stunden später hatte ich mich in eine *Lady in Red* verwandelt. Das Kleid glitt an mir herunter wie ein roter Fluss. Ich fühlte mich sehr sexy. Nach einem Glas Champagner waren meine Wangen zart gerötet und ich war bereit für meinen Auftritt. Vor dem Hotel wartete eine Stretch Limousine.

Der Fahrer begrüßte mich mit einer roten Rose. Er hielt mir die Tür auf und bat mich, einzusteigen. Im Fond war es dunkel, ich nahm Platz, es roch dezent nach Leder und einem würzigen Parfum. Fast geräuschlos fuhr der Wagen los.

Auf einmal bemerke ich, dass ich nicht alleine war. Vis-à-vis saß ein gut aussehender Herr im Smoking und lächelte mich an. Ich fragte ihn, ob er zum Verlag gehöre. Er sagte, er wäre mein Begleiter und ich dürfe ihn um alles bitten, was ich mir wünsche. *Na ja*, dachte ich, heute *erlebe ich ja schon alles, was ich mir wünsche.* Er wechselte den Platz und setzte sich direkt neben mich, nahm meine Hand, führte sie zu seinem Mund, hauchte einen Kuss darauf und ließ sie nicht mehr los. Dann griff er mit der anderen Hand nach meinem Nacken, zog mich zu sich heran und küsste mich. Ich spürte eine gewisse Erregung und eine Wärme, die nicht nur vom Champagner kam. Er griff unter meinen Rock und streichelte meine Beine. Da fiel mir ein, dass ich den Slip weggelassen hatte, weil sich die Ränder unschön unter der feinen Seide abgezeichnet hatten. Er fand es wohl sehr erregend, dass ich auf einen Slip verzichtet hatte. Seine Hände waren jetzt überall – in meinem Ausschnitt, zwischen meinen Beinen, an meinem Bauch. Er küsste mich, dass mir fast der Atem wegblieb. Für einen kurzen Augenblick realisierte ich, dass wir im Fond einer überaus luxuriösen Limousine durch die Nacht fuhren, uns aber niemand sehen und hören konnte. Dieser Mann kannte meine geheimsten Wünsche. Er flüsterte mir ins Ohr, dass er sich schon lange eine Frau gewünscht habe, die so erotisch, so weich, so hingebungsvoll sei wie ich. Ich fühlte mich begehrenswert und sexy wie nie. Er rutschte vor mir auf die Knie. Sachte schob er mein Kleid hoch. Seine Zunge erkundet den äußeren Rand meiner Liebesmuschel. Mein vibrierender Körper drängt sich ihm entgegen. Hingebungsvoll drang er in meine pralle Weiblichkeit. Meine Erregungskurve klettert in ungeahnte Höhen und entlud sich in mehreren heftigen Orgasmen.

Ermattet sank ich zurück. Er sagte, er liebe meinen Geschmack und meinen Duft. Dann küsste er mich auf den Mund.

Die Limousine hielt an. Wir waren am Hamburger Hafen angekommen, wo gleich die Party stattfinden würde. Der Fahrer wartete einen Moment, dann öffnete er die Tür und ließ mich aussteigen. Mein unbekannter Begleiter blieb sitzen. Der Fahrer schloss die Tür. Ich habe den Mann nie wieder gesehen.

Gemüseeintopf

Ich traf Walter in einer Gärtnerei, als ich einen Strauß Rosen kaufen wollte. Er bewunderte meinen Schmuck. Später erzählte er mir, dass seine ehemalige Geliebte, eine Schmuck-Designerin, seinen Blick für ausgefallene Schmuckstücke geschärft habe. Er schenkte mir die Rosen, die ich ausgesucht hatte. Die Rosen waren von kräftigem Orange mit rotem Rand. Sie waren wunderschön. Später rief er mich an und fragte, ob man sich mal treffen könnte. Ich war nicht abgeneigt. Er war charmant und an einer Affäre interessiert. Seine Frau war die Besitzerin der Gärtnerei. Mehr brauchte ich nicht zu wissen. Nach mehreren Telefongesprächen beschlossen wir, uns zu treffen. Er betonte immer wieder, ich dürfe nicht zu viel von ihm erwarten, immerhin sei er ja verheiratet. Ich dagegen war frei. Ich war nicht abgeneigt, einen Mann für eine feste Partnerschaft kennenzulernen, bis dahin wollte ich mich aber amüsieren. Ich würde keine Forderungen an Walter stellen. Nachdem das alles geklärt war, hätte es ein schönes entspanntes Treffen werden können ... aber dann ist es ganz anders gekommen.

Wir hatten uns in einem verschwiegenen Hotel in einem Park getroffen und wollten die Nacht miteinander verbringen. Ich hatte mich schön gemacht und trug ein tolles schwarzes Kleid mit weißen Perlen und schicke High Heels. Er kam hingegen kam wohl direkt von der Arbeit. Er wartete in der Lobby auf mich, war angespannt. Seine Frau hatte ihm gerade eine SMS geschickt, seine Stimmung wurde dadurch nicht besser.

Wir sind dann aufs Zimmer gegangen. Ich versuchte, die Situation zu überspielen, und bat ihn, eine Flasche Sekt zu öffnen. Er war sehr nervös und die Art, wie er am Korken der Flasche herumfummelte, war leider nur ein kleiner Vorgeschmack auf das, was noch kommen sollte. Ich dachte, etwas Musik könnte die Situation noch retten, doch das ging leider auch nicht gut. Er fand nicht die richtige App auf der Fernbedienung, musste den Empfang anrufen und um Hilfe bitten.

Ich genehmigte mir ein Glas Sekt und zeigte ihm die Spitzenränder meiner Strümpfe. Ich setzte mich auf den Schreibtisch, zog den Rock hoch und bat ihn, vor dem Schreibtisch Platz zunehmen. Das verfehlte nicht seine Wirkung und er wurde langsam etwas konzentrierter. – Immerhin waren wir hier nicht zum Fernsehabend verabredet. Er streichelte meine Beine und näherte sich langsam dem Zentrum seiner Begierde. Er küsste mich und versuchte, mich mit einem Standardrepertoire an Fummeleien in Stim-

mung zu bringen. Er war nicht gerade der geborene
Verführer, eher der brave Familienvater, und leider
völlig aus der Übung. Ich gab mein Bestes, spielte
mit meiner Perlenkette, zog sie zwischen den Beinen
durch, leckte sie ab, schlang sie um meine Brüste. Er
brachte dann schließlich eine passable Erektion zu-
stande. Nun war der richtige Zeitpunkt gekommen,
sich gemeinsam auf das Bett zu werfen und loszule-
gen. Aber ... oh mein Gott, was war das? Er hatte ja
noch nicht geduscht und kam auch nicht auf die
Idee, dass das vor dem Sex hilfreich sein könnte. Ich
sagte es ihm ganz direkt: »Walter, entschuldige bitte,
aber wenn wir jetzt weitermachen wollen, musst du
vorher unter die Dusche.«
Er verschwand ins Bad und ich machte es mir auf
dem Bett bequem. Als er zurückkam fiel mir auf,
dass er nicht wirklich in Form war. Er war nicht
dick, aber der Ring um seine Hüften zeigte mir,
dass er etwas mehr Bewegung vertragen konnte.
Seine Körperbehaarung hätte er auch etwas in
Form bringen können. Meine Güte, das wurde ja
immer schlimmer! Das alles war mir beim ersten
Treffen nicht aufgefallen.
Als er sich zu mir aufs Bett legte und ungelenk
versuchte, mich zu stimulieren, dachte ich an einen
meiner früheren Liebhaber, der virtuos mit dem
Körper einer Frau spielen konnte. Das, was dann

kam, hatte für meinen Geschmack nicht wirklich etwas mit Sex zu tun. Walter mühte sich nach Kräften ab, mich zu befriedigen, und ich übernahm nach und nach den aktiven Part.

Nach einer gewissen Zeit konnte er nicht mehr und sank abgeschlafft in die Kissen. Er wollte mich aber unbedingt noch mit einer Möhre penetrieren, die er für mich gekauft hatte. Er hatte eine ganze Einkaufstüte mit Möhren, Zucchini, Bananen und Gurken besorgt. Ich muss zugeben, ich habe selten eine so große Möhre gesehen, sie war sicher doppelt so groß wie sein Penis.

Die Möhre hat mich aber leider auch nicht zum Höhenflug gebracht. Er war bereits sehr müde und gähnte bei der Aktion mehrmals. Das würde jetzt kein Feuerwerk mehr, so sehr ich mich auch bemühte, wir vereinbarten daher eine kleine Pause. Ich ging ins Bad und machte mich frisch.

Als ich nach wenigen Minuten zurückkam, war er bereits eingeschlafen und schnarchte friedlich. Was sollte ich jetzt tun? Ich wollte mich nicht neben ihn legen und auch nicht die Nacht mit ihm verbringen. Wozu auch? Also zog ich mich leise an, packte meine Sachen und verschwand.

Als ich in meinem Wagen nach Hause fuhr, biss ich herzhaft in die Möhre. Ich verrate nicht, an was ich dabei gedacht habe.

Mein Sklave

Ich lernte Eric in der *Harley Garage* bei einem Frühschoppen kennen. Wir standen nebeneinander an der Theke. Er bestellt für sich und fragte mich, ob er mich auf einen Drink einladen dürfe. Ich ließ mich darauf ein, obwohl ich ja mit Ben da war. Ich setzte mich also auf eine Weißwein-Schorle zu ihm. Vorher informierte ich Ben, dass ich mich kurz mit einem früheren Arbeitskollegen unterhalten würde.
Eric gefiel mir. Er war gut trainiert und hatte ein bezauberndes Lächeln. Er erzählte mir, dass er seit einigen Monaten getrennt von seiner Frau lebe und wieder mehr ausgehen wolle. Er fragte, ob ich denn Lust hätte, mich gelegentlich mit ihm zu treffen. Ja, das hatte ich. Wir tauschten unsere Telefonnummern aus und ich trollte mich zurück zu Ben.
Er meinte nur: »Hast du einen neuen Verehrer? So wie der dich angeschaut hat, war das ja nicht nur ein Arbeitskollege.«
Benny war ein guter Beobachter, er hatte den Durchblick, aber er musste nicht alles wissen …

Am nächsten Tag trafen wir uns auf einen Kaffee in Hofheim. Von da aus war es nicht weit zu einem ruhigen Plätzchen am Main, der *Ufer Bar.* Wir haben vier Stunden miteinander verbracht und relativ schnell das Thema Sex angesprochen, uns gleich für den nächsten Tag bei mir verabredet. Er bot mir eine Massage an und ich hatte absolut nichts dagegen.

Am nächsten Tag kam Eric pünktlich um dreizehn Uhr. In meinem Wohnzimmer tranken wir Sekt und Orangensaft und unterhielten uns. Als wir ins Schlafzimmer gingen, war ich schon sehr erregt und wollte ihn spüren. Er hat mich von hinten sehr fest umarmt und mir in die Schulter gebissen. Wir haben uns gegenseitig ausgezogen. Er streichelte mich überall, bis ich kam. Er selbst hat sich allerdings sehr zurückgehalten, warum, war mir nicht klar.

Später teilte er mir per SMS mit, dass er Bedenken wegen seiner Schwanzgröße hatte, die er eher im unteren Drittel der möglichen Größenskala sah. Sein schlechtes Gewissen blockiert ihn zusätzlich. – Er hatte sich erst vor Kurzem von seiner Frau getrennt und musste sich an die neue Freiheit erst gewöhnen. Ich versicherte ihm, dass es mir nicht auf die Größe ankam (was gelogen war), denn er gefiel mir ansonsten sehr gut. Er hatte einen muskulösen Körper, seine Haut war leicht gebräunt, seine Hände waren sehr gepflegt und er wusste, wie er meinen Körper zum Klingen bringen konnte. Ich wollte ihn wieder spüren. Ich war noch tagelang nach dem ersten Treffen sehr geil …

Wir schrieben uns also weiter erregende SMS und E-Mails und unsere Fantasie wurden immer wilder. Einmal wünschte er sich, ich würde ihn bestrafen, weil er wieder sehr unanständig geschrieben hatte.
»Ich kann deine Wundermöse durch den PC riechen. Ich muss jetzt erst einmal unterbrechen, den Schwanz aus der Hose holen und genüsslich die blaurote Eichel massieren, bis der sahnige Saft aus dem Sack quillt.«
Im Scherz drohte ich ihm Schläge mit meinem Gürtel an, vorher würde ich ihn fesseln und ihm die Augen verbinden. – Das machte ihn offenbar ziemlich an.
Wir verabredeten eine Art Rollenspiel: ein Bewerbungsgespräch mit ungewissem Ausgang. Als er zu mir kam, musste er zunächst einen Fragebogen ausfüllen. Danach forderte ich ihn resolut auf, sich zu entkleiden. Er kniet sich wie befohlen auf die Bettkante. Ich fesselte seine Hände auf den Rücken, verband seine Augen und drückte ihn mit dem Gesicht aufs Bett, sodass er hilflos nach vorne kippte, mit hoch aufgerecktem Hinterteil. Erst streichelte ich ihm sanft den Hintern, dann schlug

ich mit einem Ledergürtel abwechselnd auf die empfindlichen Pobacken. Er wand sich, konnte sich aber den Schlägen nicht entziehen. Nach einer Weile – er dachte wohl, das wäre es gewesen – griff ich von hinten nach seinem Sack, massierte und quetsche ihn so heftig, dass er lauf aufschrie.

Danach löste ich die Fesseln, kühlte seine Pobacken und er durfte mich ausgiebig verwöhnen. Ich drohte ihm weitere Strafen an, falls er mich nicht angemessen zufriedenstellen würde. Er durfte meine üppigen Brüste massieren und meine Brustwarzen kneifen, bis sie sich steif aufrichteten. Er biss mir in den Nacken und massierte meinen Arsch, bis ich laut aufstöhnte. Ich präsentierte ihm völlig hemmungslos meine nasse Fotze. Ich war schon so geil, dass ich fast explodierte, als er nur kurz mit der ganzen Hand meine Schamlippen drückte und kniff und dann mit zwei Fingern in meine Lustgrotte eindrang.

Nachdem ich mehrmals gekommen war, wollte ich wieder den aktiven Part übernehmen. »Du weißt ja, was du falsch gemacht hast. Sag es, sonst wirst du wieder den Gürtel spüren. Du wirst mir deinen blanken Arsch präsentieren und ich werde dir diesmal das große Spielzeug in den Hintern schieben. Wenn dich das geil macht, reibe ich dir deinen Schwanz.«

Er war begeistert. Ich habe ihn tatsächlich penetriert und gleichzeitig seinen Schwanz massiert. Er hatte einen gigantischen Orgasmus. Anschließend erklärte er mir überglücklich, dass das das erste Mal gewesen sei, dass ihn eine Frau penetriert hatte. Er wünschte sich, dass ich mir weitere Strafen für ihn ausdachte.

Für mich war das alles nur ein Spiel. Ich spielte eine Rolle und wollte mich nicht wirklich in eine Domina verwandeln. Ich dachte mir also etwas aus, das sehr weit ging, in der Hoffnung, dass es ihm zu heftig wäre. Ich schlug vor, dass er mein Sklave würde. Das passte sehr gut zu seinen Vorstellungen. Als Nächstes verlangte ich von ihm, dass er mich offiziell um Erlaubnis bitten müsse, wenn er masturbieren wollte. Das akzeptierte er. Ich verlangte, dass er sein Gemächt abbinden solle, um eine unerlaubte Erektion zu unterbinden. Auch das akzeptierte er. Dann verlangte ich, er solle sich ein Halsband kaufen, ich wollte ihn zuerst auf meinem Balkon anbinden, später wollte ich ihn wie einen Hund ausführen. Auch diesmal kam kein Protest, es wurde lediglich diskutiert, wie das Halsband aussehen sollte. Seine *Herrin*, wie er mich nun nannte, war sehr anspruchsvoll und er wollte keinesfalls einen Fehler machen.

Ich schrieb ihm also weiter deutliche Mails, die unser Verhältnis sehr eindeutig in Richtung SM veränderten: »Es wird nicht gut für dich ausgehen. Ich werde dich ab jetzt Sklave nennen. Du kannst froh sein, wenn ich dich nicht für deine Unverschämtheiten ankette. Ich hätte große Lust dazu. Hast du etwa deinen Schwanz angefasst, ohne mich zu fragen? Auch das werde ich dir noch austreiben. Schäm dich! Was treibst du sonst noch so, wenn ich es nicht sehe? Befummelst du dich selbst? Schaust du etwa nach anderen Frauen? Machen dich andere Weiber geil? Ich sage dir, wenn ich von deinen Schweinereien nur das Geringste erfahre, wird mein Zorn über dich kommen. Da wirst du dir noch wünschen, es wäre nur der Gürtel mit der Metallschnalle, der auf deinem nackten Arsch tanzt. Überleg dir, wie du mich besänftigen kannst. Ich bin sehr ungehalten!!!«

Seine Antwort kam prompt: »Leider musste ich meine erste SMS abbrechen und mich in der Bürotoilette sehr heftig entsamen. Schon die Vorstellung, Ihre kurzen und knappen Befehle zu hören, erregten mich über die Maßen. Im Nachklang scheint mir auch das Bestrafungsszenario über meine Verfehlungen etwas eindimensional. Selbstverständlich werden auch lüsterne Blicke auf Ihre üppige Weiblichkeit konsequent bestraft. Als Lustsklave steht es mir einfach nicht zu, mich an Ihren erregten Brüsten und ihrer dauerfeuchten Fotze visuell zu erregen. Auch wenn Ihr bewusst zur Schau gestelltes Dekolleté meine Blicke magisch anzieht, so ist es dennoch nicht gestattet, auch nur e i n e n lüsternen Blick darauf zu verschwenden. Ich werde selbstverständlich alles in meiner Macht stehende unternehmen, um meine zölibatären Pflichten zu erfüllen. Auch dann, wenn Sie mich mit Ihrer Weiblichkeit offen bedrängen. Gelingt es mir nicht, dann trage ich alle Konsequenzen.«

Danach bettelte er um ein weiteres Treffen. Ich gewährte es ihm: »Ich gewähre dir eine Audienz. Ich wünsche, dass du dir deinen Schwanz und die Hoden abbindest. Ich möchte auf deinen Genitalien meinen Namen lesen. Das wäre ein Privileg. Du glaubst nicht, wie viele Sklave mir zu Willen sein wollen. Versau es nicht. Du wirst keine zweite Chance bekommen. Ich erwarte dich, aber du kannst nicht auf Gnade hoffen.«

Er freute sich auf unser nächstes Tête-à-Tête: »In stiller Ehrfurcht harre ich der Dinge und warte und warte … Sprechen Sie noch mit mir? Geben Sie mir eine Anweisung? Strafen Sie mich mit Schweigen und ersten Hieben? Binden Sie mir Hoden und Schwanz mit einem Schnürsenkel ab, damit kommende Erektionen wehtun, und erregen mich dann schamlos und testen meine Standhaftigkeit? Wie werden Sie mich erregen? Natürlich haben Sie als gewiefte Herrin einen schlauen Plan ausgeheckt, für den Fall, dass der Sklave keine schwanztechnische Verhärtung vorzuweisen hat, um diese gezielt zu fördern. Auf Ihre Frage, bist du erregt, werde ich natürlich mit Nein antworten. Kaum habe ich es ausgesprochen, reiben Sie langsam aber bestimmt nur mit Ihren Titten meinen Bauch und meine Schenkel, kommen mir immer näher und endlich reiben Sie ihre Titten an meinem Schwanz. Zuckt er nur leicht unter der Last der schweren Brüste, halten Sie inne, sind erbost und drohen sofort mit Strafe. Die Schläge werden so lange fortgesetzt, bis die Erregung wieder abgeflaut ist.«

Bis dahin glaubte ich immer noch, dass wir uns lediglich mit scharfen E-Mails gegenseitig aufgeilen würden, so eine Art *Dirty Talking* per Mail. Als er zum verabredeten Treffen kam, bat ich ihn, sich zu mir aufs Sofa zu setzen. Ich teilte ihm mit, dass mir das alles viel zu weit ging und fragte ihn, ob er meine Anweisungen wirklich ernst genommen hatte.

Da öffnete er seine Hose. Sein Schwanz war bereits blauschwarz angelaufen. »Kann ich das jetzt abnehmen?« Er löste das Gummiband, dass seine Hoden und seinen Schwanz fest umschlossen hatte.

Ich war völlig verblüfft, ich hatte ja keine Ahnung …

Dann erzählt er mir noch, wie er die letzten Tage mit Gummiband überstanden hatte. Ich war fassungslos, ich hatte ja gedacht, wir hätten lediglich einen verbalerotischen Austausch mit starker SM-Tendenz.

Er offenbarte mir seine Nöte: »Ich konnte meinen Pulsschlag im Hodensack spüren, ein starkes Pochen. Zudem musste ich mehrmals die Toilette aufsuchen, da mir trotz der großen Schmerzen ständig Freudentropfen aus der Schwanzspitze quollen, die langsam aber sicher meine Anzughose durchnässten.« Trotzdem war er überglücklich, seiner Lady zu Willen zu sein, und freute sich bereits darauf, dass ich an ihm mein neuerworbenes *Paddle* ausprobieren würde.

Wir haben uns in aller Freundschaft getrennt. Er hat sich bei mir bedankt, dass er mit mir erstmals die Erfahrung machen konnte, seine devote Neigung auszuleben. Er wird diese unterwürfige Seite in Zukunft zweifelsohne weiter ausleben wollen. Ich wollte jedoch nur eine Grenze überschreiten und meine dominante Seite in Zukunft lieber in meiner Fantasie ausleben.

Einige Monate später beschlossen wir, uns mal wieder auf einen Kaffee zu treffen. Ich hütete mich jedoch, ihm vorher irgendwelche Anweisungen zu geben.

Ich besorgte eine Schachtel Schokolade mit der Aufschrift *Süße Lust*. Die Schokolade ass ich selbst und legte stattdessen breite farbige Gummibänder der Marke *Hercules* in die Schachtel. Ich wusste, das würde meinem früheren Sklaven gefallen.

Kabelsalat

Hatte Karen wirklich gerade gesagt, sie hätte sich einen Vibrator gekauft? Oder hatte ich mich verhört? Sie nippte an ihrem Weinglas, schaute mich offen an und erzählte freimütig, wie sie mit ihrer Freundin Ulla in Frankfurt in einem Sex-Shop einkaufen war und dass sie einen Riesenspaß hatten. Na super! Ich hatte schon jahrelang keinen Sex mehr gehabt, aber das hätte ich mich niemals getraut.

Karen war in dritter Ehe glücklich verheiratet. Wir hatten zwar gelegentlich über Sex gesprochen, aber ich wusste nicht, wie das in ihrer Ehe so lief. Es ging mich auch nichts an. Nun wollte ich aber wissen, ob sie das Gerät beim gemeinsamen Liebesspiel benutzten.

Sie dämpfte die Stimme, immerhin saßen wir beim Abendessen im *Gustav's* und es stand zu befürchten, dass man an den Nachbartischen unser Gespräch belauschen konnte. »Ich warte immer, bis mein Mann auf Geschäftsreise ist. Dann mache ich es mir gemütlich. Ein Mann muss nicht alles wissen. Ich habe da so meine Geheimnisse.«

Ich war überrascht. Sie waren ja erst seit kurzer Zeit verheiratet. Ich hatte vermutet, dass da die erotischen Begegnungen noch häufig und prickelnd waren und man auf externe Hilfe verzichten konnte.

Ich wollte auch so ein Ding. Meine Gedanken schweiften kurz ab ....

Sie erzählte weiter, wie sie sich von einer Fachberaterin die unterschiedlichen Typen hatten erklären lassen und dass man darauf achten müsse, immer genug Batterien zu haben.

Wir unterhielten uns noch über andere Dinge. Wir hatten viele Jahre in derselben Firma gearbeitet, hatten beide einen *Golden Handshake* akzeptiert und tauschten nun unsere Erfahrungen aus. Das Geld musste klug angelegt werden, außerdem waren wir beide auf Jobsuche. Karen war schlau und schön. Manche Kolleginnen unterstellten ihr, sie hätte sich hochgeschlafen. Ich wusste es besser. Sie war eine sehr attraktive erotische Frau, die während ihrer Zeit als Single einige Liebhaber hatte. Im Job war sie absolut professionell und zuverlässig. Wir beide hatten uns gesucht und gefunden. Als ich sie kennenlernte war mir sofort klar, dass ich viel von ihr lernen konnte. In unserer Abteilung waren viele Frauen neidisch auf sie. Viele Kolleginnen begriffen nicht, warum wir beide uns so gut verstanden. Wir waren uns in vielen Dingen ähnlich. Ich wollte weiterkommen und ich schaute mir vieles von ihr ab. Sie weihte mich bereitwillig in die Geheimnisse ihres Erfolgs ein. Ich dankte es ihr mit Treue und Verschwiegenheit. Mit ihr hätte ich mir sogar eine Art Jobsharing oder ein gemeinsames Projekt vorstellen können. Sie hatte sich in harten Zeiten durchgebissen ... Wie gesagt, wir waren uns sehr ähnlich.

Sie bemerkte, dass meine Gedanken immer wieder abschweiften. Ich war in einer schwierigen privaten Situation. Meine Ehe war gescheitert, aber ich weigerte mich, das zuzugeben. Mir fehlten im Moment der Mut und die Kraft, etwas zu ändern.

»Wie lange willst du eigentlich noch wie eine Nonne leben?«

Mein Gott, heute brachte sie es auf den Punkt, sie hatte ja so recht! Ich war sexuell seit Jahren unterversorgt. Ich redete mir ein, dass es vielen Menschen so ging und ich damit ganz gut klarkam ...

»Meine Fantasie ist so stark, reale Erlebnisse kommen da nicht ran«, hörte ich mich sagen. Wahrscheinlich habe ich das in diesem Moment sogar geglaubt.

Einige Monate später sah ich ein, dass ich mich gründlich geirrt hatte.

Das mit den Sex-Toys ging mir nicht mehr aus dem Kopf. Am nächsten Tag orderte ich bei *Amorelie* einen Auflagevibrator und ein klassisches Modell, das ein wenig aussah wie eine lila Banane. Praktischerweise konnte man die Geräte nicht nur im Internet bestellen, sondern auch am PC aufladen.

Ich wartete also, bis mein Ehemann das Haus verlassen hatte, hängte die Geräte an den Rechner und freute mich auf das Vergnügen, das ich damit haben würde. Der Auflagevibrator hatte den wunderbaren Namen *Naomi Tang*. Als ich mich das erste mal mit *Naomi* vergnügte, flog mir fast der Kopf weg. Wir wurden gute Freundinnen.

Einige Tage später musste ich *Naomi* wieder aufladen. Ich würde einige Tage verreisen und wollte meine neuen Spielsachen mitnehmen. Ich freute mich sehr auf diese kleine Reise. Ich würde meine Freundin Andrea besuchen, wir hatten uns sehr lange nicht gesehen.

Ich war wegen der Reisevorbereitung etwas aufgeregt. Die Bahn wurde teilweise bestreikt, ich hatte meine Bahntickets umtauschen müssen.

Ich setzte mich in Frankfurt in den Zug und hatte das ungute Gefühl, etwas Wichtiges vergessen zu haben. Na egal, Andrea würde mir aushelfen.

Als ich bereits in Ingolstadt bei meiner Freundin war, rief mein Mann an und wollte wissen, wo das Kabel vom Fotoapparat wäre. Er wollte Fotos auf den PC übertragen. In diesem Moment fiel mir ein, was ich vergessen hatte: Die Kabel für *Naomi* und die lila Banane hingen noch am PC.

»Keines der drei Kabel am PC passt in die Buchse vom Fotoapparat. Was um Himmels willen hast du denn da alles drangehängt? Ich hasse Kabelsalat«, maulte er.

In diesem Moment beschloss ich, ihn zu verlassen, und legte einfach auf.

Swingerclub

Helene schaute sich neugierig im Halbdunkel der Bar um. Sie konnte einige Frauen und Männer erkennen, die herumstanden oder an kleinen Tischen saßen. Der Portier am Eingang des Swingerclubs hatte ihnen gesagt, dass die eigentlichen Räumlichkeiten des Clubs im ersten Stock lägen. Sie sollten sich erst mal umschauen. Wenn sie Fragen hätten, stünden ihnen die Hostessen gerne zur Verfügung.

Helene fühlte Roger neben sich stehen. Sie wusste genau, was sie heute Abend wollte. Roger sollte zusehen, wie sie von einem Fremden gevögelt wurde. Er würde sich ganz still verhalten müssen, seine Hände auf den Rücken gefaltet, damit er sich nicht dabei befriedigte, ganz auf sie und ihre Lust konzentriert. Sie blickte sich um. Ein schlanker, schon weißhaariger Mann fiel ihr auf. Er schaute Helene direkt an und es war klar, dass er sie wollte.

»Wir sind hier nicht zum Nachmittagstee, hier geht es zur Sache«, sagte Roger.

Helene war plötzlich unsicher. Wollte er das wirklich oder würde er nur ihr zuliebe mitmachen? Er sollte ja nur zusehen. Helene hatte es sich schon lange gewünscht. Roger war ein wundervoller Mann, nur im Bett war er nicht besonders einfallsreich. Vielleicht würde ihm der Besuch im Swingerclub neue Einsichten vermitteln.

Der Mann, der ihr schon vorher aufgefallen war, näherte sich ihnen. Er machte ein Zeichen, das keine Zweifel erlaubte. Helene nickte, zeigte auf Roger, deutete auf ihre Augen ...

Der Mann verstand. »Dann sehen wir uns gleich drinnen? Ich schlage das Separee sieben vor.«

In der Lounge hinter der Bar vergnügten sich schon einige Paare, auf einer kleinen Bühne präsentierte eine junge Frau Sex-Toys. Es gab auch einen Shop, wo man Dildos, Vibratoren und Gleitcremes kaufen konnte. Für Männer ohne Begleitung gab es zudem auch noch die Möglichkeit, sich im hinteren Raum von professionellen Liebesdienerinnen verwöhnen zu lassen. Man konnte die Separees offenlassen, damit andere zuschauen konnten. Die Nummer sieben war allerdings geschlossen.

Helene und Roger hatten sich bereits im Umkleideraum umgezogen und frisch gemacht. Helene trug einen roten Seidenmantel im Kimonostil, darunter nur einen roten BH und einen winzigen Slip. Roger trug eine schwarze Maske, war aber ansonsten normal gekleidet. Sie betraten das Separee. Der Mann war noch nicht da. Helene wollte gerne noch etwas trinken.

Roger war gerade losgegangen, um eine Flasche Sekt zu besorgen, als der Fremde erschien. Wortlos zog er Helene an sich und streifte ihr den Kimono von den Schultern. »Wie schön, Sie scheinen eine Frau zu sein, die weiß, was sie will. Welche Rolle spielt Ihr Begleiter?«

In diesem Moment kam Roger mit dem Sekt und drei Gläsern zurück. »Ich bin der stille Beobachter.« Er schloss die breite Tür, nachdem er das Besetzt-Schild herausgehängt hatte. Man würde sie jetzt nicht stören. So hatte es sich Helene gewünscht. Der Swingerclub war nur der Rahmen. Sie wünschte sich, dass Roger sie beim Sex beobachten würde. Sie fand die Situation schon jetzt sehr erregend.

Roger war ein intelligenter Mann, der die Welt mit seinen eigenen Augen sah. Er war ein ruhiger, fast schon verschrobener Typ, der von Helenes lebhafter und kommunikativer Art profitierte. Er genoss es sehr, dass sie ihn an ihrem Leben teilhaben ließ. Helene wiederum genoss es, dass er ihr nahezu jeden Wunsch von den Augen ablas. Sie waren wie Yin und Yang – zwei Individuen mit besonderen Eigenschaften. Zusammen waren sie ein Powerpaar mit einer starken Präsenz.

Der Mann stellte sich als Karl vor. Wir tranken ein Glas Sekt, um etwas lockerer zu werden.

»Ich schlage vor, dass wir uns siezen. Ich nenne sie Madame, Sie sprechen mich mit Monsieur an.«

Helene musste lachen. »Na schön. Und mein Begleiter ist heute unser stummer Diener Serviteur.«

Karl deutete auf das breite Bett. »Madame, darf ich Sie bitten?«

Helene hatte den Kimono während der kurzen Unterhaltung wieder zugebunden. Karl löste den Gürtel und streifte den seidigen Stoff von Helenes Schultern. Roger blieb einfach stehen und beobachtete die beiden.

Helene war bereits sehr erregt, wollte es aber nicht zeigen.

Karl bemerkte, dass ihr winziger Slip zwischen den Beinen etwas feucht war. Er bat sie, die Beine zu spreizen. Dann setzte er sich zu ihr aufs Bett und schaute sie an. »Meine Liebe, Sie sind ganz entzückend. Ich werde Sie jetzt gleich lecken. Es wird Ihnen gefallen, da bin ich mir ganz sicher.«

Helene stöhnte auf. Roger verhielt sich ruhig, aber Helene bemerkte seine Erektion. Sie würde sich später darum kümmern.

Karl, der noch komplett bekleidet war, schob das winzige Höschen zur Seite und begann Helene zu verwöhnen. Sie hatte das Gefühl, dass dieser Mann seine Zunge überall hatte. Ihre Erregung entlud sich in einem lang gezogenen Orgasmus. Karl zog ihr das feuchte Höschen aus und steckte es wie ein Einstecktuch in seine Brusttasche. Dann zog er sich aus. Sein Schwanz war bereit für Helene. Sie kniete sich vor ihn und leckte begierig seine Eichel. Dann nahm sie seinen Phallus komplett in den Mund und umfasste fest den Schaft. Roger konnte dabei ihre Spalte sehen. Im Spiegel sah sie sich selbst mit den beiden Männern. Ein wunderbares Bild. Sie hätte es gerne festgehalten.

Karl beherrschte das Spiel. Er wollte nicht zu schnell zum Höhepunkt kommen, aber er wollte in Helene eindringen. Er legte sich auf den Rücken und bat Helene, sich auf ihn zu setzten. Sie tat es. Sein Liebesstab verschwand in ihrem Moosdöschen.

Roger wechselte die Position, um besser sehen zu können. Wie gerne hätte er jetzt Hand an sich gelegt, um sich zu erleichtern, aber es gehörte zur Vereinbarung, dass er sich heute passiv verhielt.

Karl packte Helenes Hintern mit beiden Händen und schob sie vor und zurück. Sie presste ihre Brustwarzen. Plötzlich gab es nur noch sie beide. Sie verschmolzen in ihrem Höhepunkt, der nicht enden wollte. Ihre Lust entlud sich in einem lauten Schrei, auch Karl stöhnte laut auf.

Roger konnte sich kaum noch beherrschen, wie gerne hätte er jetzt Karl nach Hause geschickt und Helene gevögelt. Andererseits hatte er selten eine so starke Erregung gespürt. Vielleicht würde er ja später auch noch zum Zug kommen.

Karl und Helene ruhten sich einen Moment aus und tranken ein Glas Sekt. Roger zeigte wortlos auf seine ausgebeulte Hose, was Helene mit einem Lächeln quittierte, aber ansonsten ignorierte.

Karl hatte noch lange nicht genug. Er bat Helene nun, sich ihm auf allen vieren zu präsentieren. Er näherte sich ihr von hinten und untersuchte ihre Körperöffnungen. Dabei zog er ihre Schamlippen so auseinander, dass Roger jede Falte sehen konnte. Er leckte ihre saftige Möse und verwöhnte auch ihre hintere Körperöffnung. Helene spürte, dass er sein Kinn nicht sauber rasiert hatte. Es gefiel ihr, seine Bartstoppeln an ihren Schamlippen zu fühlen.

Nachdem Karl sich versichert hatte, dass Roger auch alles genau gesehen hatte, drang er wieder in Helene ein und massierte mit dem Daumen ihren Anus. Helene konnte sich nicht mehr beherrschen, sie explodierte, einmal, zweimal ... sie bekam einen Orgasmus nach dem anderen.

Roger wollte ihre Geilheit in sich aufsaugen und näherte sich ihrem Gesicht. Als Helene ermattet zusammensank, nahm er sie zärtlich in den Arm.

Karl ruhte sich einen Moment aus und entfernte sich dann diskret.

»Lass uns nach Hause gehen, für heute hab ich genug.« Roger half Helene beim Ankleiden. Seine Augen leuchteten.

Dessous für die Gattin

Ich traf Gerold bei Frau Gerber im Dessousladen. Den Herrn, der sich im hinteren Teil des Ladens verschiedene Strings zeigen ließ, hatte ich nicht bemerkt, sonst wäre ich nicht so direkt mit der Tür ins Haus gefallen. Der Grund meines Besuchs war die Anprobe einer Korsage, die ich vor zwei Wochen bestellt hatte.

»Ich weiß zwar noch nicht, wer diesmal das Vergnügen haben wird, aber es wird sich ein Herr finden, der die Verpackung zu schätzen weiß.«

Frau Gerber kannte meine lockeren Sprüche schon und zeigte mir die Korsage – ein edles Teil aus schwarzem Tüll mit Strapsen und kleinen roten Schleifchen am vorderen Beinabschluss und am Oberteil.

Ungerührt nahm ich das zarte Nichts und verzog mich in die Umkleidekabine. Der Herr würde ja nicht sehen, was sich hinter dem Vorhang abspielte. Es war nicht so einfach, das raffinierte Teil anzuziehen. Man musste es vorne mit unzähligen Häkchen schließen und dann vorsichtig den Verschluss nach hinten drehen, ohne den zarten Stoff zu beschädigen. Die Korsage saß perfekt, als ob sie für mich angefertigt worden wäre. Sie betonte sehr vorteilhaft den

Brustbereich, die mittlere Partie wurde hingegen diskret kaschiert. Ich benötigte also nur noch die passenden Strümpfe ... wunderbar.

Ich zog mich wieder an und ging zur Kasse zum Bezahlen. Der Herr war verschwunden, das war mir sehr recht, denn es war mir peinlich, dass er meinen Spruch mitbekommen hatte.

Ich rauschte mit meiner Tüte auf die Straße und lief ihm direkt in die Arme.

»Verehrteste, bitte verzeihen Sie mir, dass ich Sie so direkt anspreche. Würden Sie mir die Freude machen und mich auf einen Kaffee begleiten? Ich möchte Ihnen ein Angebot machen, das Ihnen eventuell gefallen würde.«

Ich war perplex, dass er mich hier auf der Straße ansprach. Andererseits hatte er Stil, er drückte sich sehr höflich aus, war sehr gut gekleidet und lächelte mich offen an.

»Na schön, auf einen Kaffee kann ich Ihnen Gesellschaft leisten, mehr ist nicht drin.«

Er hakte meinen Arm unter und wir überquerten die Straße.

Im *Café Merci* war wie immer Hochbetrieb. Wir ergatterten gerade noch einen Tisch im hinteren Bereich, ansonsten waren alle Tische bereits belegt.

Der Mann fiel auf. Die Bedienung zwinkerte mir verschwörerisch zu. Sie dachte wohl, er wäre eine

Eroberung. Ich schüttelte den Kopf, zum Zeichen, dass sie völlig falsch lag, und bestellte mir einen Morgentau-Tee, er nahm einen Kaffee mit Cognac und Sahne. Ich war gespannt, in welche Richtung sich unser Gespräch entwickeln würde.

Er lächelte mich an und sagte: »Gnädigste, gestatten Sie, dass ich mich vorstelle? Mein Name ist Gerold von Breitenbach. Mir gehört die Breitenbach-Bank in Frankfurt. Hier ist meine Karte.« Er schob mir eine cremefarbene Visitenkarte zu. Auf der Karte standen sein Name und seine Telefonnummer. Keine Adresse, keine E-Mail, keine Berufsbezeichnung. Ich stellte mich als Gabriela Williams vor. Das schien in Ordnung für ihn zu sein. Was konnte er schon wollen? Ein Mann trifft eine Frau im Dessousladen, die Fantasie geht mit ihm durch ... eine uralte Geschichte, oder?

Er sagte: »Sie haben ungefähr die Figur meiner Ehefrau. Ich möchte das eine oder andere Dessous für sie kaufen. In drei Wochen ist ihr Geburtstag. Ich würde sie gerne überraschen. Sie könnten mir dabei helfen.«

Das hatte ich nicht erwartet und lachte amüsiert.

Nachdem ich mich gefangen hatte, sagte ich: »Na, wenn es weiter nichts ist, das lässt sich sicher regeln. Sie erwarten aber nicht, dass ich Ihnen Dessous vorführe? Das mache ich definitiv nicht.«

Er schien erfreut. »Sehr gut, meine Liebe. Lassen Sie uns gleich morgen früh zusammen shoppen. Ich lasse sie um elf Uhr abholen. Sagen Sie mir nur, wo sie meine Limousine abholen soll, um alles andere kümmere ich mich. Ach ja, wenn es Ihnen recht ist, würde ich Ihnen gerne als kleine Aufmerksamkeit, und um Ihnen meine Dankbarkeit zu zeigen, einen Einkauf in einem Geschäft Ihrer Wahl ermöglichen. Hätten Sie schon eine Idee dafür?«

Na klar hatte ich eine Idee. Ich schlug *Wempe* in Frankfurt vor. Er war einverstanden. Ich schrieb ihm auf, wo sein Wagen mich morgen abholen konnte. Natürlich war das nicht meine Adresse, sondern die Adresse einer Freundin, die in der Nähe wohnte, man weiß ja nie.

Am nächsten Tag staunte ich nicht schlecht, als ein weinroter *Bentley* an der verabredeten Stelle vorfuhr. Der Fahrer öffnete mir die Tür: »Bitte sehr, gnädige Frau. Herr von Breitenbach freut sich auf den Ausflug mit Ihnen.«

Dieser saß vergnügt auf dem Rücksitz und klopfte auf den freien Platz neben sich. Er begrüßte mich charmant. Dann schlug er vor, nach Frankfurt zu *Petit Boudoir* zu fahren. Das war eine wunderbare Idee. Ich war einverstanden. Er schenkte mir ein Glas Champagner ein, rosé, versteht sich. Ich war entzückt.

Wir plauderten über dies und das und ich bemerkte seinen Ehering, zwei verschlungene Goldreifen. Ich würde ihn nicht darauf ansprechen, er hatte seine Gattin bereits erwähnt.

Im Geschäft angekommen, tat er so, als ob ich die Gattin wäre. Er wolle eine Auswahl schöner Dessous sehen, alles in schwarz oder rot, viel Spitze, Strapse, Strümpfe – das volle Programm. Die Verkäuferin brachte wunderschöne Strings, Korsagen, Strumpfgürtel, halterlose Strümpfe, eine Korsage ohne Strapse, eine ohne Brustteil, dazu verschiedene BHs und Hemdchen. Ein Traum, aber … es war ja nicht für mich. Ich fragte Gerold, welche Haarfarbe seine Frau habe.

»So wie du, meine Liebe …« Er flüsterte: »Heute bist du meine Frau. Also probier alles an und sage mir dann einfach, was wir nehmen.«

Ich ging nicht weiter auf seine Worte ein. Ich freute mich darauf, die tollen Sachen anzuziehen. Ein Teil war schöner als das andere. Er wollte nichts sehen. Er wollte immer nur wissen, ob es mir gefiel, ob es passte, ob wir es nehmen sollten. Ich entschied mich für zwei Korsagen, drei Strings, zwei BHs, drei Paar halterlose Strümpfe und ein Baby-Doll aus zarter Spitze. Alles hätte bequem in meiner Handtasche Platz gefunden. Die Teile kosteten zusammen mehrere Hundert Euro.

Danach gingen wir tatsächlich zu *Wempe*, wo ich mir eine schwere goldene Kette vorlegen ließ. Ich hatte aber Skrupel, mir so ein teures Stück schenken zu lassen, und wir verließen das Geschäft, ohne etwas zu kaufen.

Zwei Wochen später erhielt ich eine offizielle Einladung zu einem kleinen Champagnerfrühstück bei Gerold. Ich wurde wieder abgeholt, diesmal von zu Hause. – Ich hatte keinen Grund, Gerold weiter zu misstrauen.

Er bewohnte eine noble Villa im Westend. Die Tür öffnete sich geräuschlos. Eine sehr schöne junge Frau begrüßte mich und stellte sich als Clara von Breitenbach vor. Sie war blond und hatte eine üppige Figur. Die Frau war noch sehr jung. Es konnte mir egal sein, ob diese junge Frau nun die Gattin war oder nicht.

Ich hing noch meinen Gedanken nach, da kam er die Treppe herunter und begrüßte mich. »Ihr habt euch bereits bekannt gemacht? Wunderbar, wir werden etwas trinken und ich habe Kanapees bestellt. Mögen Sie Austern? Es wird für jeden Geschmack etwas dabei sein.«

Er dirigierte mich in den Salon, der in Blau und Gold eingerichtet war. Interessanterweise war die Musik ein starker Kontrast zum edlen Interieur. Ich erkannte Jimi Hendrix oder Randy Hanson, wer weiß das schon so genau. Die nächste Überraschung war, dass ich der einzige Gast war. Clara war ganz entzückend, erwähnte aber mit keiner Silbe die Dessous. Ich hielt mich zurück, weil ich mir unsicher war, ob man das Thema ansprechen konnte. Die junge Frau schwärmte für Jimi. Wir unterhielten uns eine Weile über die Musik der Siebzigerjahre und beschlossen, gemeinsam zu Joe Bonamassa zu gehen, der in einigen Tagen in Frankfurt gastieren würde. Gerold lächelte nur. Es schien ihm zu gefallen, dass wir uns so gut unterhielten.

Nach dem Frühstück überreichte er mir eine kleine Schachtel mit besten Wünschen und Dank für meine Hilfe. Ich sollte die Schachtel aber erst zu Hause öffnen.

Charles brachte mich mit dem Bentley nach Hause. Natürlich musste ich die Schachtel jetzt sofort öffnen. Auf einer kleinen Karte stand *Gerold von Breitenberg und Tochter Carla freuen sich auf Ihren nächsten Besuch. Bitte nehmen Sie das Schmuckstück als Entschädigung für Ihre Zeit.* In einem kleinen Samtsäckchen lag die Kette, die ich mir bei *Wempe* ausgesucht hatte.

Als der *Bentley* bei mir zu Hause angekommen war, ließ mich Charles, der Fahrer, aussteigen. Er reiche mir noch zwei Tüten von *Petit Boudoir* mit freundlicher Empfehlung von Gerold. Darin waren die Dessous, die ich für die angebliche Frau von Breitenbach ausgesucht hatte. So ein Schlawiner!

# An der Bar

Gelangweilt saß ich an der Bar im Hotel *Leonardo* in Frankfurt. Ich hatte mich um eine Stunde in der Zeit vertan und war zu früh zur Verabredung mit Lisa. Leider hatte ich es erst bemerkt, nachdem ich mir bereits ein Glas Wein bestellt hatte.

Ich beschloss, das Beste aus der Situation zu machen, und fragte die Barfrau nach einer Tageszeitung. Als ich sie gerade aufgeschlagen hatte, kam ein gut aussehender Herr zur Tür herein und fragte nach dem Treffen der *Swiss Group*. Die Barfrau erklärte ihm, dass das Treffen schon gestern stattgefunden hätte. Völlig verblüfft kramte er nach seinem Handy und stellte fest, dass er sich den Termin falsch notiert hatte.

Ich musste lachen. Für einen Moment waren wir beide aus der Zeit gefallen. Ich wollte diesen kurzen Moment mit ihm genießen, denn dieser Mann hatte etwas an sich, das mir außerordentlich gut gefiel. Er war groß, schlank, hatte kurze graue Haare und ein energisches Kinn. Ich musste plötzlich daran denken, wie es wohl wäre, wenn dieser Mann mich lieben würde. Ich schüttelte den Kopf. *Was sind das denn für unanständige Gedanken?*

Er sprach mich an: »Wollten Sie etwa auch zu dem Treffen der Swiss Group?«

»Nein, ich warte auf eine Freundin und bin eine Stunde zu früh dran. Wenn Sie wollen, können wir uns ja die Zeitung teilen.«

Er schaute mich an und sagte: »Warum nicht, vielleicht ergibt sich ja noch mehr, was wir teilen können.«

Dieser Mann hatte eine geheimnisvolle Ausstrahlung, war selbstsicher ... so stark. Ein richtiger Mann eben. Ich wollte nicht, dass er wieder geht.

Also setze ich mein schönstes Lächeln auf und sagte: »Ach bitte, machen Sie mir die Freude und setzten Sie sich auf ein Glas Wein zu mir. Die Zeitung können wir ja auch noch später lesen.«

Er musterte diskret meine Beine und setzte sich neben mich. Er bestellt sich einen Kaffee, schwarz, ohne Zucker. Ich spürte seine starke männliche Präsenz und hatte plötzlich nur noch den Gedanken, wie es wohl wäre, wenn seine Hände mich berühren würden.

Er schaute mich direkt an und berührte zart mein Knie. Ich schloss kurz die Augen, ein Schauer lief über meinen Rücken. Ich wollte mit diesem Mann schlafen. Seine Hand wanderte wie selbstverständlich unter meinen Rock, immer höher, bis er feststellte, dass ich keinen Slip trug. Er verstärkte seinen Griff, ich zitterte bereits vor Erregung. Er sagte kein Wort zu mir, legte Geld für die Getränke auf den Tresen und nahm meine Hand.

Er führte mich zu seinem Wagen in die Tiefgarage. Dort angekommen, küsste er mich, zog meinen Rock hoch und raunte: »Ich will dich, jetzt sofort.« Er öffnete die Beifahrertür, setzte sich auf den Sitz und bat mich, mich auf ihn zu setzen. Mit hochgeschobenem Rock und weit gespreizten Beinen tat ich, um was er mich gebeten hatte. Ich war bereits so feucht, dass er problemlos mit zwei Fingern in mich eindringen konnte. Seine Hose hatte er geöffnet und ich massierte seinen Schwanz mit der flachen Hand. Wie es wohl wäre, diesen schönen Zauberstab zu lecken? Kurze Zeit später drang er in mich ein und packte meinen Hintern mit beiden Händen so fest, dass ich laut aufstöhnte. Dabei schauten wir uns in die Augen. Es dauerte keine drei Minuten, da hatte ich meinen ersten Orgasmus. Ich wollte ihn jetzt lecken, seinen Phallus verwöhnen. Wir verzogen uns auf die Rückbank.

Er bestand darauf, mich zuerst zu beglücken. Seine Zunge kreiste um meine Klitoris, danach rammte er sie vor und zurück in meine Vagina. Nach meinem zweiten Orgasmus leuchtete er mit dem Handy auf meine Scham. »Du hast eine ganz wunderbare, pralle Möse, du schmeckst mir, du hast einen schönen Körper, so weich, so rund, so weiblich ... Ich könnte mich an dich verlieren.«

Ich wollte ihn jetzt lecken. Ich nahm seinen Schwanz erst zart, dann fordernd in meinen Mund und massierte mit zwei Fingern den Schaft gegenläufig auf und ab. Dabei leckte ich seine Eichel mal sanft, mal fest. Das zarte Bändchen, das Frenulum ließ ich nicht aus, sondern bearbeitet es besonders gründlich mit meiner Zunge. Als sein Stöhnen stärker wurde, verstärkte ich den Druck. Ach, es war eine Pracht, diesen schönen Mann so zu verwöhnen und zu wissen, dass er auch mich so wunderbar befriedigen konnte.

Nun wollte er, dass ich mich wieder auf ihn setze. Nach einigen harten Stößen kamen wir beide zum Orgasmus. Er stöhnte laut und wild wie ein Tier, so wie ich es zuvor noch nie von einem Liebhaber gehört hatte.

Ich kam kurz nach ihm, zum dritten Mal an diesem Tag. Halleluja! Man sollte sich öfter in der Zeit vertun.

Erika

Ich liebe es, mich feminin und sexy zu kleiden: schicke Kleider, raffinierte Dessous, Strümpfe, Seidenschals, Schmuck – das ganze Programm. Ich falle auf und liebe es. Tagsüber verhalte ich mich unauffällig, abends kann es dann mal richtig knallen. Männer mögen diese kleinen Frivolitäten: ein Schlitz im Kleid, ein verheißungsvoller Ausschnitt, der Ansatz von Spitzenstrümpfen, der wie zufällig unter dem Rocksaum hervorblitzt ... Das ist der Trick – man darf nie zu viel zeigen. Es muss immer zufällig aussehen: Ein Blusenknopf, der aufspringt und die Sicht auf zarte Spitze freigibt. Ein Schmuckstück, das im Dekolleté an der richtigen Stelle platziert ist. Ein Armband, das ein zartes Handgelenk betont.

Meine Figur ist leider nicht so weiblich, wie ich sie gerne hätte. Vorteilhafte Kleidung und der richtige Schnitt bringen meine Figur aber in Form. Es gibt raffinierte Push-up-BHs, Korsagen, Höschen mit formenden Zonen, Strapsgürtel, Strümpfe ... Ich liebe die Verwandlung. Es erregt mich, wenn ich mich für ein Date ankleide, schminke und langsam diese heiße Frau werde, die sich die Männer nimmt und anschließend alleine nach Hause geht.

An einem schönen Abend war ich mich mal wieder diese Femme fatale. Ich trug einen engen schwarzen Rock mit einem Seitenschlitz, eine cremefarbene Seidenbluse, roséfarbene Perlen und schicke Netzstrümpfe mit Naht. Eine Lederjacke im Biker-Stil sollte den Look etwas brechen.

Als ich die Bar im *K-Plus-Hotel* betrat, wartete mein Date schon. Er war sichtlich angetan. Wir hatten uns über eine Annonce kennengelernt. Er war häufig geschäftlich in Frankfurt und suchte etwas Unterhaltung, wenn er in der Stadt wäre. Er stellte sich als Thorsten aus Düsseldorf vor. Er hatte eine eigene Firma – An- und Verkauf von Edelsteinen – und besuchte regelmäßig Kunden vor Ort. Das Thema interessierte mich und es ergab sich sofort eine gute Unterhaltung. Er war etwa Mitte fünfzig und sah ganz gut aus. Die Haare hatten sich schon etwas gelichtet, der kleine Bauchansatz verriet, dass er nicht sehr viel Sport trieb. Er war gepflegt und gut gekleidet. Es versprach, ein guter Abend zu werden. Er bestellte mir einen Prosecco und genehmigte sich auch einen. Männer, die beim ersten Date Bier trinken, kann ich nicht leiden. Bier macht müde und die Fahne verleidet mir die Lust aufs Küssen.

Thorsten wollte die Konversation auf seinem Zimmer fortführen. Dort hatte er bereits eine Flasche

Sekt kalt gestellt. Ich wollte ihn noch zappeln lassen und dirigierte ihn zur Raucher-Lounge, dort konnte man sich auf dem Sofa etwas näherkommen.

Ich setzte mich neben ihn und sorgte dafür, dass er meine schönen Strümpfe und besonders die breite Abschlussspitze am Oberschenkel sehen konnte. Er ging auf mein Spiel ein und küsste mich sofort auf den Mund. Ich spürte seine Erregung; seine Hand wanderte unter meinen Rock. Ich ließ ihn meine Oberschenkel streicheln. Als er mutiger wurde und mir zwischen die Beine griff, schob ich seine Hand weg. Immerhin konnte man von draußen hereinschauen.

Er wollte anscheinend unbedingt schon beim ersten Date aufs Ganze gehen. Ich hatte nichts dagegen, wollte aber zunächst in der Bar noch etwas trinken, um ihn besser kennenzulernen.

Nach zwei weiteren Drinks war es dann so weit. Im Aufzug zog er mich an sich, küsste mich fordernd und fasste mir frech unter den Rock. Ich trug meinen Spezialslip mit formendem Spitzenoberteil und zwei zarten Perlensträngen zwischen den Beinen. Die Beule in seiner Hose verriet eine respektable Erektion.

Im Zimmer machte ich nicht viel Federlesen mit ihm, öffnete sofort den Reißverschluss seiner Hose und schnappte mir seinen steifen Schwanz. Er war begeistert, ließ sich aufs Bett fallen und genoss es, dass ich seinen Penis mit dem Mund verwöhnte. Dann zog ich meinen Rock aus, setzte mich auf ihn und massierte seinen Phallus mit meinem Perineum und der rechten Hand.

Als er gekommen war, stieg ich ab und legte mich zu ihm. Er hielt mich im Arm, schlief aber kurz darauf ein. Mir war es recht.

Ich verzog mich ins Bad und machte mich frisch. Danach legte ich mich nackt neben ihn und schoss ein Selfie. Das war mein persönlicher Höhepunkt. Ich sammle Selfies, auf denen ich nackt mit einem Mann zu sehen bin. Sie sind meine Jagdtrophäen.

Ich zog mich an und schlich mich leise aus dem Zimmer. Zu Hause druckte ich das Bild aus und legte es zu den vielen anderen, die ich über die Jahre heimlich gesammelt hatte. Dann zog ich den strammen Slip aus, der meinen Schwanz nach oben gepresst hatte. Ich verwandelte mich wieder in Erik und würde morgen unauffällig meinem Job nachgehen. *Erika* würde sich hingegen bald mit einem anderen Mann treffen. Es gab so viele Männer, die ein Abenteuer suchen und Erika hatte schon den nächsten Kerl an der Angel.

Vivian

Vivian lag bäuchlings mit gespreizten Beinen auf dem Bett. Monsieur Ulrich kniete halb auf ihren Beinen, drückte ihre Arme nach unten und biss ihr in den Nacken. Sie war ihm bewegungslos ausgeliefert. Sie genoss diesen Augenblick, in dem sich ihre Energie in einem gigantischen Orgasmus entlud, ohne dass er ihr zwischen die Beine gefasst hatte. *Wir paaren uns wie die Raubtiere*, schoss es ihr durch den Kopf. War das wirklich nur die Wirkung der Pheromone? Vivian war froh, dass sie Monsieur Ulrich begegnet war. Sie hatten sich bei der Zusammenarbeit ihrer Firmen kennengelernt.

Vivian arbeitete für ihren Arbeitgeber an einem überaus delikaten Projekt. Auf dem Markt der Slipeinlagen gab es schon alles Mögliche: dicke, dünne, parfümierte, verschiedene Muster, Farben, Düfte … Man hatte in Verbrauchertests aber herausgefunden, dass sich viele Frauen nichts sehnlicher wünschten, als unwiderstehlich zu sein, sexuell anziehend für Männer. Besonders Frauen, die schon ihre besten Jahre hinter sich hatten, wären bereit, dafür etwas tiefer in die Tasche zu greifen.

Und Vivian experimentierte daher schon seit einiger Zeit mit Pheromonen. Einige Tests zeigten vielversprechende Resultate. Man hatte ein Verfahren entwickelt, natürliche Pheromone auf eine Slipeinlage aufzubringen, die sich erst bei Druck und Reibung entwickelten.

Vivian und ihre Mitarbeiter arbeiteten daran, diese Einlage so gut wie unsichtbar erscheinen zu lassen. Der Durchbruch war eine neuartige Gel-Komposition, die ohne Trägermaterial auskam. Das war genial! Letzte Woche hatte sie noch täglich mit den Anwälten an der Patentschrift gefeilt. Nun war es vollbracht. Es würde nicht mehr lange dauern, bis das Patent ihre Erfindung schützen würde.

Diese Zeit wollte Vivian für einige private Tests nutzen. In der ersten Woche testete sie das Gel mit den Pheromonen. In der darauffolgenden Woche probierte sie das Gel ohne Pheromone aus. Es war verblüffend: An den Tagen, an denen sie sich das pheromonhaltige Gel in den Slip appliziert hatte, suchten auffällig viele Männer ihre Nähe – jüngere, ältere … jeder fand einen Grund, sie anzusprechen. Es war völlig egal, welche Kleidung sie trug, auch in Laborkittel und mit Sicherheitsschuhen wirkte sie sehr anziehend auf ihre männlichen Kollegen. Ohne die Pheromone begegneten ihr die Männer dann wieder professionell, so wie immer.

Vivian hatte jahrelang sehr viel gearbeitet, ein Privatleben war praktisch nicht vorgekommen. Nun wollte sie ihren Erfolg genießen und ihre Erfindung feiern. Sie hatte noch einen Termin mit Monsieur Ulrich in Grasse geplant, danach würde sie nach Südafrika fliegen und einfach mal abschalten.

Monsieur Ulrich war der Top Parfümeur einer der größten Firmen Europas. Es galt, die Mengen festzulegen, um die kommenden Verbrauchertests vor der großen Markteinführung sicherzustellen. Vivians Firma überließ die Produktion lieber erfahrenen Profis auf diesem Gebiet, denn das Pheromon mit dem Codewort *Love 69* musste in einem hermetisch abgeschlossenen Produktionsabschnitt hergestellt werden. Eine Kontamination hätte Folgen, die man sich leicht vorstellen konnte.

Vivian hatte sich auf der Fahrt vorgestellt, wie es wohl wäre, wenn größere Mengen dieses Stoffes in die Umwelt gelangen würden. Wahrscheinlich würde sie nicht mal vom Flughafen zum Hotel kommen, ohne über kopulierende Menschen zu stolpern.

Im *Le Meridien Monaco Beach Plaza* wurde sie schon erwartet. Monsieur Ulrich hatte in der Lobby einen kleinen Sektempfang arrangiert. Immerhin würde das neue Produkt den Markt revolutionieren und man rechnete mit satten Gewinnen.

Die Verhandlungen waren für den nächsten Tag geplant, heute wollte man auf den Erfolg anstoßen. Als Vivian durch die breite Flügeltür trat, applaudierten die anwesenden Gäste, alles Kollegen von Monsieur Ulrich, mit denen sie monatelang an *Love 69* gearbeitet hatte. Frederic Haldimen, der Senior-Chef und enge Vertraute von Monsieur Ulrich, hielt eine Laudatio und überreichte Vivian einen weinroten Flakon, auf dem ihr Name in goldenen Lettern prangte. Vivian bedankte sich für den freundlichen Empfang, trank ein Glas Cremant und verabschiedete sich, um sich frisch zu machen.

Auf dem Zimmer angekommen, wollte sie nur schnell unter die Dusche, denn es war ja noch ein Galadiner geplant, um den Erfolg würdig zu feiern. Sie wusste, das bedeutete gutes Essen und natürlich noch mehr Alkohol.

Sie hatte gerade das Kleid für das Diner an den Schrank gehängt und die passenden Dessous und Strümpfe bereitgelegt, als es an der Tür klopfte. Es war Monsieur Ulrich, sie hatte bereits mit ihm gerechnet. Sie kannten sich schon von früheren Besuchen in Nizza und Grasse.

Er hielt sich nicht lange mit Förmlichkeiten auf und küsste sie stürmisch. »Ich habe so lange auf dich gewartet. Ich will dich jetzt spüren. Wir haben genug Zeit. Das Diner ist für zwanzig Uhr geplant.«

Vivian hatte nur ein Badetuch umgelegt, darunter war sie völlig nackt. Sie reichte ihm den präparierten Slip, den sie in einer Plastikbox transportiert hatte.

»Wirst du ihn heute zur Gala tragen und alle Männer verrückt machen oder reicht es dir, dass du mich verrückt machst?«

Sie legte sich aufs Bett und ließ ihn kurz zwischen ihre gespreizten Beine schauen. Er liebte es, ihre Möse zu betrachten, aber noch mehr liebte er es, ihren betörenden Duft einzusaugen und sie zu lecken.

Sie wollte jetzt nicht mit ihm schlafen. »Bitte lass uns zu dem Diner gehen. Ich mache mich schnell frisch. Wir haben dann die ganze Nacht für uns. Die Verhandlungen mit Frederic wurden auf den Nachmittag verlegt. Wir können sogar ausschlafen.« Sie lächelte ihn verschwörerisch an.

Er legte sich zu ihr aufs Bett, vergrub seinen Kopf zwischen ihnen Schenkeln, seufzte kurz, willigte dann aber ein, seine Lust später zu stillen.

Das Diner war wie erwartet eine Abfolge exzellenter Speisen inklusive ausgewählter Spirituosen. Das musste man den Franzosen lassen, davon verstanden sie eine ganze Menge. Zwischendurch wurde Sorbet gereicht, um den nächsten Gang vorzubereiten. Wie so oft, wenn sie spät abends Essen ging, wurde Vivian müde. Der Wein machte es nicht besser. *Ich muss kurz an die frische Luft, sonst schlafe ich noch vor dem Dessert ein.* Ulrich hatte sie im Auge. Sie zeigte ihm mit einer Handbewegung an, dass sie rauchen wollte, und deutete zur Terrasse. Er nickte, sie zeigte auf ihre Uhr und hielt drei Finger hoch. Er verstand.

Auf der Terrasse legte Vivian ihre Beine hoch, zog ihre Schuhe aus, steckte sich einen Zigarillo an und genoss die Abendluft, den Blick aufs Meer. Sie rauchte nicht oft, aber das war jetzt ein passender Moment. Sie genoss die Ruhe und das Gefühl, an einem Wendepunkt in ihrem Leben angekommen zu sein. Ihren Kopf hatte sie nach hinten gelegt, um in den sternenklaren Nachthimmel zu schauen.

Ulrich hatte sich leise genähert und sich vis-à-vis hingesetzt. Er nahm einen ihrer Füße und massierte ihn zärtlich, dann schob er ihn zwischen seine Beine und Vivian spürte eine deutliche Erektion. Danach massierte er ihren anderen Fuß. Ihre Beine hatte sie leicht geöffnet, der Schlitz ihres lange Rocks zeigte ihre Schenkel.

»Trägst du es?«, fragte Ulrich.

»Was denkst du? Sollte ich unsere wunderbare Erfindung nicht so oft wie möglich tragen? Und wenn es nur den Sinn hätte, weitere Erfahrungen zu sammeln. Immerhin ist es mein Job.«

Ulrich wurde unruhig. »Hast du auch Erfahrungen mit anderen Männern gemacht?«

Sie wollte ihm nicht die ganze Wahrheit sagen, das hätte ihn zu sehr verletzt. Vivian hatte im Laufe ihrer privaten Tests nämlich mit vielen Männern geschlafen. Es war immer das Gleiche: Sie trug den Slip mit den Pheromonen, ging durch einen Raum oder rieb einfach nur die Schenkel aneinander und schon reagierte ein Mann. Entweder kam er direkt hinter ihr her und versuchte irgendwie, Kontakt aufzunehmen, oder er stand plötzlich vor ihr, lächelte und sagte so etwas wie: »Hallo, ich bin Leo. Darf ich Sie zu einem Kaffee einladen?« Nach vielen Jahren der sexuellen Abstinenz nahm sie sich die Männer, die sie wollte, ohne dabei viel über Gefühle nachzudenken. Dabei hatte sie ihre Orgasmusfähigkeit trainiert. Sie war nicht nur in der Lage sehr oft zu kommen, sondern sie lernte peu à peu auch ohne direkte Stimulierung der Genitalien zum Höhepunkt zu kommen. »Ach du weißt ja, ich arbeite sehr viel, gehe selten aus, für Männer habe ich wenig Zeit.«

Monsieur Ulrich begnügte sich mit der Antwort.

Sie gingen wieder hinein. Der Zeitpunkt war perfekt. Nachdem sie Platz genommen hatten, wurde das Licht gelöscht und eine pompöse Eisbombe in Form einer Viole wurde hereingetragen. Nachdem die Wunderkerzen abgebrannt waren, applaudierten die Gäste.

Vivian freute sich über ihren Erfolg und auf die kommenden Stunden mit Ulrich. Er war eindeutig der beste Liebhaber, den sie je hatte. Sie kannten keine Tabus. Er liebte ihren natürlichen Duft und würde sie lecken, bis sie es nicht mehr aushalten konnte.

Schon im Aufzug schob Ulrich ihren Rock hoch, um ihren Duft inhalieren zu können.

»Cheri, wir haben so viel Zeit und ich habe genug *Love 69* dabei. Lass uns einfach nur schlafen. Du weißt doch, dass ich morgens besonders empfänglich bin für Sex. Ich werde mich dir hingeben, ich werde dir zu Willen sein. Ich verspreche dir alles, was du willst.«

Als Vivian aus dem Bad kam, lag Monsieur Ulrich bereits im Bett, den Slip mit *Love 69* neben sich auf dem Kopfkissen. Er lächelte glücklich und träumte davon, wie sich Vivian ihm in höchste Ekstase hingab. Heute genügte ihm allerdings der betörende Duft ihres Höschens.

CPSIA information can be obtained
at www.ICGtesting.com
Printed in the USA
BVHW041441160419
545515BV00020B/47/P